人文社会科学通识文丛 | 总主编◎廖 进

关于**广告学**的100个故事

100 Stories of Advertisements

陈胜光◎编著

脑力 创意 心理 策略

南京大学出版社

图书在版编目(CIP)数据

关于广告学的 100 个故事 / 陈胜光编著. —南京:南京
大学出版社,2009.6
(人文社会科学通识文丛 / 廖进总主编)
ISBN 978 - 7 - 305 - 06174 - 5

I. 关… Ⅱ. 陈… Ⅲ. 广告学 - 青少年读物 Ⅳ. F713.80

中国版本图书馆 CIP 数据核字(2009)第 086829 号

本书由北京红蚂蚁文化发展有限公司授权独家出版中文简体字版

出 版 者　南京大学出版社
社　 址　南京市汉口路 22 号　　　邮 编　210093
网　 址　http://www.NjupCo.com
出 版 人　左 健
丛 书 名　人文社会科学通识文丛
总 主 编　廖 进
书　 名　关于广告学的 100 个故事
编　 著　陈胜光
责任编辑　陈 樱 杨金荣　　　编辑热线　025 - 83686029
责任校对　吕元明
照　 排　南京南琳图文制作有限公司
印　 刷　南京通达彩印有限公司
开　 本　787×960 1/16 印张 17.75 字数 262 千
版　 次　2009 年 6 月第 1 版 2009 年 6 月第 1 次印刷
ISBN 978 - 7 - 305 - 06174 - 5
定　 价　35.00 元

发行热线　025-83594756
电子邮箱　sales@ NjupCo.com(销售部)
　　　　　press@ NjupCo.com

广告的魔力无处不在

当今社会，广告不仅贯穿于人类经济生活的方方面面，而且涉及人类的社会生活、道德生活、文化生活，在很大程度上影响着人们的生活观念和生活方式，并形成一定的广告文化。可以说，广告无处不在，它已经是现代人们生活不可缺少的一部分。诚如广告大师李奥·贝纳所说：“好广告不只在传达讯息，它能以信心和希望，穿透大众心灵。”

在澳大利亚的一家市场内，年轻的家庭主妇们争相购买鸡肉、牛肉，对于传统的肉品——羊肉却很少问津。成堆的羊肉散发着又膻又霉的气味，不得不被清理出场扔掉。偶尔有几个年纪大的主妇们路过，看到这种现象，摇头叹息道：“年轻人不吃羊肉了，她们不会烹调，也不爱吃这种东西。”是啊，从1986年起，澳大利亚的羊肉消费持续下跌，到1998年，12年间总跌幅达30%。年轻人认为，鸡肉和牛肉更为健康，更有时代气息，羊肉能吃的地方只有排骨和腿肉，而且现在的妇女们烹调水平普遍不高，进一步恶化了羊肉目前的形势。老一辈的主妇们虽然喜欢羊肉，但由于她们的年纪日增，也意味着羊肉市场会进一步萎缩。

面对现实，澳大利亚肉品牲畜有限责任公司（简称AMLA）做出了努力，他们打算设计一连串推广活动，鼓励人们多消费羊肉，减缓羊肉行业衰弱的整体局势。恰在这时，一件具有非常意义的事件发生了。1999年7月，美国宣布对澳大利亚的畜羊产业征收报复性关税，使得澳方将损失高达6 000万美元的出口市场。AMLA立刻抓住机会，做出了一个战术性广告活动。他们在克林顿总统发表声明的48小时之内，号召澳洲人每周多吃一只羊，以帮助澳洲畜羊业克服这场突如其来的打击。

他们打出了各种各样的广告,其中一则说道:"美国已经向澳洲农民宣战了,澳洲家庭必须要在餐桌上保卫自己的国家。况且,吃一顿世界上最美味的羊羔肉,也不算是什么牺牲。"

这样,AMLA成功地将羊羔与爱国之情联系到一起。此后,他们制定了详细的广告策略,把羊羔定义成澳大利亚生活的象征,并赋予它放肆而爱嘲讽的人物个性,要把它推崇到"澳洲风味"的高度,如此一来,消费者对羊羔的印象发生了改变。此后,他们不断利用广告战术活动增加人们对它的兴趣,从而激起消费者的购买欲。1999年9月至10月,是澳洲传统春节羔羊上市的季节,品牌推广活动正式开始。广告名为"我们爱我们的小羔羊——澳洲风味"。

为了保证效果,媒体方面则采用了慢热的策略来促进广告战术的使用。广告在日间时段轮番播出。而在每一次具体的推广活动进行之后,媒体上会有一星期左右的广告"真空时段",以保证在宏观品牌广告和具体活动之间保持必要的距离,避免传递使人混淆的信息。

经过一连串努力,羊肉重新回归澳洲人饭桌,消费量持续走高,而且引起世界各地人们的兴趣,羊肉,被人称为"澳洲之肉"。澳洲,也在这次广告活动中倍受世人关注,得到意想不到的宣传效果。

小小的羊肉消费,为我们展现了广告的巨大魅力。那么,究竟什么是广告?为什么具有如此神奇的作用?广告学又是一门什么样的学科呢?

翻开教科书,它是这样解释的,广告学,就是研究广告活动的历史、理论、策略、制作与经营管理的科学。然而,这一切的解释是否真的能让你满意?你真的懂了什么是广告学吗?有鉴于此,本书特意为你选取一百个生动的广告故事,向你展现广告背后的秘密,让你真正地"看懂"广告。

第一章　广告学概述

第二章 广告学原理

第三章 广告创意与策划

第四章　广告实施与管理

第一章

广告学概述

　　商业广告把有关生产方面的资讯传递给消费者,向消费者提供商品或劳务资讯,这就是广告的资讯传播功能。这种功能不是单向的,而是一个循环往复的过程。现代社会商品的流向是正反两个方面同时进行的,一方面,生产者从消费市场得到消费者的需求资讯,另一方面,他们要把产品资讯传递给消费者,如此周而复始,循环不已。

一次调查故事——广告的概念

广告是为了某种特定的需要，透过一定形式的媒体，并消耗一定的费用，公开而广泛地向公众传递信息的宣传手段。

1932 年，美国《广告时代周刊》决定推出一项调查活动，这是一个十分简单有趣又有挑战性的活动：寻求广告的概念。

自从 1792 年本杰明·富兰克林创办《宾夕法尼亚日报》，开创现代广告业以来，广告已经成为美国人生活中司空见惯的事物，众多商家都开始通过报纸、杂志、广播等多种媒体宣传产品，促进销售，同时，广告公司和广告商也应运而生，他们代理商家的广告业务，促进了广告业的发展。广告，正以崭新而富有活力的形象影响着人们的生活，而一些公司的成功经验，无疑极大地刺激了人们对于广告的好奇心。

鉴于此，《广告时代周刊》推出的这项活动自然十分吸引人的眼球。果不其然，消息一传出，人们立刻投入极大的关注，各种各样的关于广告的解释像雪片一样飞进编辑部办公室。

刊物工作人员忙碌地拆阅着信件，记录着各种概念，不时争论着，希望自己手里的概念是最准确最合理的。这时,刊物负责人走了进来,招呼大家说:"大家停一停,现在,我们来统计一下,看看收到了多少信件。你们可以念一念自己认为最准确最有趣的概念。"

这一下,办公室内热闹起来了,大家你争我抢地念着手里的信件:

"广告是一种说服性的武器。"

"凡是以说服的方式(不论是口头方式或文字图画方式),有助于商品和劳务的公开销售,都可以称为广告。"

"广告是广告主有计划地通过媒介体传递商品或劳务的信息,以促进销售的大众传播手段。"

各种不同的解释听起来都有些道理,但是,到底哪一种才最准确呢?大家都拿不准主意。正在这时,一位工作人员又捧着一大摞信件走进来,满头大汗地说:"要是再不公布答案,我们就没法进行其他工作了。"

看来,不管准确与否,必须要公布答案了,刊物工作人员经过再三推敲,终于确定了他们认为最准确的答案。

第二天,《广告时代周刊》刊登了广告的概念:个人、商品、劳务、运动以印刷、书写、口述或图画为表现方法,由广告者出费用作公开宣传,以促成销售、使用、投票或赞成为目的。

终于,征求广告概念的活动结束了,但是人们对于广告的热情依然十分高涨,他们在观察着、谈论着、渴望着,他们已经十分明确地认识到,广告,是一条实现目标的有效手段,是经济社会里最为活跃的一分子。

什么是广告?这是迄今为止依然争论不休的话题。对于广告的解释,存在着各种各样的答案,而美国小百科全书给出的解释是:"广告是一种销售形式,它推动人们去购买商品、劳务或接受某种观点。广告这个词来源于法语,意思是通知或报告。登广告者为广告出钱是为了告诉人们有关某种产品、某项服务或某个计划的好处。"

尽管各种概念说法不一,但我们不难看出其中的一些共同地方,据此,我们可以这样总结广告的概念:广告是为了某种特定的需要,通过一定形式的媒体,并消耗一定的费用,公开而广泛地向公众传递信息的宣传手段。

广告所进入的是一个策略为王的时代。在定位时代,去发明或发现了不起的事情也许并不够,甚至还不重要。你一定要把进入潜在顾客的心智,作首要之图。

——美国营销专家、定位理论的最早提出者艾·里斯和杰·特劳特,1981 年

药物变饮料的成功演绎
——广告活动一般规律

广告活动的一般规律就是，由广告主发起广告活动，付出一定代价，与广告公司之间产生交换；广告公司承揽业务，制作广告作品，透过代理行为，与广告媒介交易；外援接受广告公司的要求，提供专门性的服务；广告媒介出卖时间和版面，发布广告信息，传达给消费者，从而完成广告交易过程。

潘伯顿是美国药剂师，1885 年，他在自家的地窖里配置了一种治疗头痛的新药水——"古柯科拉"，这种药水很受欢迎。有一次，有人前来购买此药水，潘伯顿的助手法兰克·罗宾森在为客人取药水时，不小心将苏打水倒入药水中。结果，他们意外地发现加入苏打水的药水口感更好了，受此启发，他们改进了原药水配方。而且，聪明机智的法兰克·罗宾森根据药水配方成分产生了命名的灵感，为新药水取名"coca cola"，意为"可口可乐提神液"。1886 年 5 月 8 日，这种药水正式在亚特兰大的药房首卖。

不久，一位叫康德勒的商人有幸结识了可口可乐。当时，他头痛的老毛病发作，他的仆人在去为他购买药物时，顺便带回了可口可乐提神液，并建议他服用。康德勒头痛难忍，接过仆人手里的可乐一饮而尽。没想到，这种口味极佳

5

的药水效果良好,很快止住了他的头痛。这件事让康德勒非常好奇,他开始关注可口可乐提神液,并决定进行投资开发。

潘伯顿得知康德勒的打算后,喜出望外,1888 年,他将三分之一的股权卖给了他,请他与自己合伙开发可口可乐。康德勒身为商人,投资可口可乐以后,经过琢磨分析,改变了原先的销售策略,不再把可口可乐作为药物出售,而是把它当作普通饮料来卖。他认为,"这样可以扩大消费群体"。在这种观念的指导下,他准备借助广告宣传可口可乐,增加销售量。

可是,他的打算遭到质疑,有人劝他说:"一年才卖 50 元,你拿出 46 元做广告,太不合适了。"

然而,康德勒很坚决,执意刊出广告。不久,发行的《亚特兰大纪事报》上刊登了这样一则广告:向全体市民推荐一种全新的大众化的苏打水饮料。

广告刊出后,可口可乐从默默无闻一下子成为了畅销产品,人们对于这种全新的饮料十分感兴趣,纷纷购买品尝。结果,可口可乐很快风靡了整个美国。随后,康德勒加大力度进行广告宣传,开始用各种可能的机会宣传产品。1909年,经过 20 年时间的广告宣传,可口可乐一举成为当年美国广告协会选定的最佳广告商品;1926 年,可口可乐公司开始采用广播广告;1928 年,可口可乐开始跟奥运合作;1931 年,代表可口可乐的第一个圣诞老人出现;1941 年,可口可乐第一次在广告上使用"Coke"——不同时期的广告主题,针对不同时期人们的心理趋势,成功运用不同媒体,充分赢得了消费者的信赖和肯定,树立了可口可乐饮料全球第一的形象。

从此以后,运用广告成为了历任可口可乐公司掌门人的诀窍,他们一致认为:成功在于广告。当然,如此巨大而持久的广告活动必定会付出巨额的广告费用,对此,可口可乐公司认为:"现在是这个国家有史以来广告运用得最多的时期,我们不能少花钱。"可口可乐的成功得益于广告,同时,从它的广告运作上,我们也能非常清楚地认识到广告活动的一般规律。

一般情况下,广告活动是透过广告主、广告代理公司、广告媒介、广告受众四者之间的互动而展开的。而现在广告代理公司一般会邀请外援帮助,所以,外援成为广告活动的第五个参与者。透过这五者之间的合作,完成广告的一般流程,即广告主——广告公司——广告媒介——外援——广告受众(消费者)。

随着科技和社会的进步,广告活动也发生了变化,主要表现在以下三个方面:一是消费者更加复杂,他们不止要求广告可以提供信息、方便生活,也要求广告带来一定的审美效果和教化作用;二是广告不再是单向的说服性传播,而采取了整合营销传播策略,开始向着全方位的信息沟通转变;三是随着互联网的普及,互动广告开始出现。

> 考虑一个广告时,不要想你为它做了些什么,而要体会顾客从中得到了什么。
>
> ——罗瑟·里夫斯:《广告实效》,1961 年

7

广告公司的诞生——广告信源

在广告传播活动中，广告信源也就是广告信息的传播者，它主要指广告的制作者和经营者，如广告客户（广告主）、广告代理公司、广告制作公司、广告设计公司等。

伏而尼·帕尔默是美国人，1841年，他突发奇想，在费城开办了一家公司，专门为客户购买报纸广告版面。他自称"报纸广告代理人"，这还是报纸业兴起以来，第一位从事此项工作的人。

当然，他不会白白出力，而是从广告费用中抽取25%作为酬金。这不会引起客户不满，因为不管他们请不请代理人，都会付同样的价格做广告，而且一旦聘请帕尔默做代理，他们就只管付钱，其他事务完全交给帕尔默就可以了。这样一来，厂家或个人大为省心，因此，业务开展以后，不少厂家或者个人寻上门来，请他代理广告业务。这令帕尔默大为高兴，他每天穿梭在客户和报社之间，工作非常积极。

然而，25%的酬金由报社从广告费中支付，引起报业不满。一开始，他们认为帕尔默只管联系客户，既不负责广告文字，又不做设计工作，收取25%的酬金太多了，影响他们的收入。当时，不少人这样评价帕尔默：妄想发财狂。所以，只有少数几家发行量不大的报社抱着试一试的态度跟他合作。

帕尔默没有因此灰心，而是坚持不懈地努力着。他说："这是一个新行业，终有一天，人们会看到它的魅力的。"果然，一段时间下来，情况令所有人大为震惊:那些与他合作的报纸发行量大大提高,而且由于广告增多,收入也明显增加。这一结果引起报业极大关注,他们纷纷寻找原因,一致认为这是帕尔默的功劳,是广告促进了报纸本身的效率。于是,报业改变以前的态度,主动与帕尔默合作。

1845年,短短4年时间,帕尔默已经成为美国非常有名的报纸广告代理人,他相继在波士顿、纽约开办了广告分公司,极大地促进了美国广告业的发展。到1860年,在美国已有30多家广告公司为4 000多种出版物代理广告了。

现在人们一致认为,伏而尼·帕尔默开办的第一家广告代理公司,标志着广告代理业的诞生。在他的影响下,美国广告代理业务发展迅速,1865年,乔治·路维尔在波士顿成立了广告批发代理公司,成为一个划时代的广告代理事件。他分别与100家报社合作,向广告主出售他们的版面,因此大获成功,这种出卖版面的业务,成为今天广告公司的前身。1869年,路维尔发行美国新闻年鉴,公开发表全美5 411家报纸和加拿大367家报纸的估计发行份数,从此,对于版面价值有了评价的标准。广告代理公司也脱离报社的代表身份,第一次获得了独立存在的地位。

同年,美国的 Ayer & Son 广告公司在费城成立,它具有了现代广告公司的基本特征,经营重点从单纯为报纸推销版面转为为客户服务。他们以客户为中心,向报社讨价还价,负责制订广告策略与计划,撰写广告文字,设计广告版面,测定广告效果,工作深入全面,大受客户欢迎。

从广告公司的诞生和发展,我们认识到一个新问题,这就是在广告传播活动中,广告公司处于什么位置? 它与广告主是什么关系?

其实,广告公司和广告主关系密切,他们共同构成了广告要素之一——广告信源。

首先,我们认识一下什么是广告信源?简单地说,广告信源指的是广告信息的传播者,它主要指广告的制作者和经营者,如广告客户(广告主)、广告代理公司、广告制作公司、广告设计公司等。

其次,广告公司和广告主虽然同为广告信源,却存在着不同之处。广告主是广告活动的发动者,对广告活动起主导作用,他们对广告活动的投资具有决定权,是广告信息传播费用的实际支付者。广告公司是广告文本信息的编码者,他们要有较高的专业水平,策划设计的广告要能够准确体现广告主的意图,为确保广告信息传播取得成功打下基础。

但是,在实际生活中,人们一般不把广告制作者和广告代理公司当作真正的信源,而是把他们所编码的广告信息内容比如品牌、商品等看作信源。

> "如果你能卖掉产品,那么你就卖产品;如果你不能卖掉产品,那么你就要卖产品的包装。"
>
> ——广告界的一种说法

牛肉在哪里——广告信息

广告信息或称为广告文本，是信源对某一观念或思想进行编码的结果，是对观念或思想的符号创造，是广告传播的核心。每条广告信息都包含着符号的能指和所指，即内容（说什么）和表现形式（怎么说）构成了内涵丰富的广告信息。

温迪汉堡公司创建于 1965 年，创始人名叫戴夫·托马斯，是位聪明能干的总裁，经过 10 年努力，将公司营业额提升至麦当劳的 1/4。但戴夫·托马斯并未就此满足，他雄心勃勃，一直在积极寻找超越对手的机会。

1983 年，美国农业部的一项正式调查给他带来了机会。这次调查表明：麦当劳的 4 盎司牛肉馅的巨无霸双层汉堡，其含肉量却从未超过 3 盎司（1 盎司约 28 克），这显然是明显的缺斤短两行为。温迪自然不会放过

这个时机，他们的传统牛肉汉堡注重质量和实惠，正可以此和麦当劳一决高下。

于是，温迪聘请著名的广告公司代理新广告业务。广告公司不负所望，很快设计了一则幽默风趣的电视广告。这则广告的内容是：一位认真好斗、喜爱挑剔而又风韵犹存的老太太和另外两位老太太一起进餐厅用午餐。她们坐好

后,餐厅很快端上一个硕大无比的汉堡,摆在她们面前。老太太很高兴,望着大汉堡眉开眼笑,十分满意,并且兴高采烈地揭开汉堡准备进餐。可是,令她大感失望的是,汉堡中间的牛肉太小了,只有指甲片那么一丁点大。这让老太太十分恼火,她左右打量着汉堡,最后忍不住大喝一声:"牛肉在哪里?"随着她的话音落地,一个人高声说道:"如果这三位老太太去温迪吃午餐的话,就不会发生找不到牛肉的情形了。"

这则广告针对麦当劳短斤缺两的行为,可谓一针见血,而且,那位大喊"牛肉在哪里?"的老太太又由著名喜剧演员克拉拉扮演,效果非常明显,引起了消费者的强烈回响。这一下,温迪汉堡知名度和美誉度大大提高。

温迪并没有就此结束广告宣传,反而在第二年巧妙利用了这则"牛肉在哪里?"的广告进行再创作,同样获得巨大回响。第二个广告的内容是:克拉拉扮演一位遇到麻烦的老太太,在结束了墨西哥旅游后,返回途中在芝加哥机场由于弄丢了回程入境卡而不能入关。她一面回答海关人员没完没了的询问,一面惊慌失措地把口袋翻来翻去,可是还是没有找到任何能够证明自己是美国人的证件。她实在无法忍受,终于喊出来:"你难道不认识我吗?我是广告女明星!"接着说出了美国家喻户晓的一句话"牛肉在哪里?"海关人员和受检旅客大吃一惊,立刻认出了这位"爱挑剔的老太太",随之爆发出一场哄堂大笑,于是海关人员破例让老太太入境了。由此可见该广告的影响之大。

此后,温迪推出了很多幽默风趣的广告,都获得了成功,借助广告的影响力,它也跃上了美国快餐连锁店第三把交椅。而"牛肉在哪里?"广告口号也被评选成为最受欢迎的广告语之一。第二个广告故事巧妙利用前一个广告传播的信息来说明问题、扩大影响,是一个非常有趣的现象,这里,我们有必要认识一下广告信息,看一下广告传播中信息的重要性。

在学术界,通常把广告信息分为两部分,一是直接信息,也叫显性信息,简单地说,广告所要直接传达的关于产品、服务或企业形象方面的信息就是直接信息,比如产品名称、外观、包装识别等;二是间接信息,也叫隐性信息,是指广告作品具体的表现形式所带来的感觉上的信息。直接信息是广告表达内容的重点,而间接信息可以烘托、强化直接信息。

当然,间接信息也可能吸引到过多的注意,甚至对直接信息产生错误的影响,所以一定要注意它在广告传播中的影响力。

广告信息的传递是一个复杂的过程,因此要使广告信息尽可能准确地传播,符合发送者所预期的目标,就必须进行详细的调查和策划,充分了解市场和消费者。

就像恐怖电影中必然发生的一样……他(可口可乐的圣诞老人)还会再次回来。注意盯着天空看吧,每年圣诞节,他肯定会回来。可怜的百事公司,他们一定害怕过圣诞节。
　　——詹姆斯·B·特威切尔(James B. Twitchell):《震撼世界的 20 个广告》

撒在主干道上的铜牌
——广告媒介

广告媒介，即广告媒体，是指传递广告信息的载体。凡能在广告主与广告对象之间起媒介作用的物质都可以称之为媒介或媒体。

1957 年，美国芝加哥举办了一个全国性的百货商品博览会。参加会议的厂商很多，会场人群如潮，相当壮观。

汉斯罐头食品公司的经理汉斯也把自己公司生产的罐头食品送到了展览现场，他希望凭借这次展览，可以推销部分产品，扩大影响。然而，事情总是不尽如人意，尽管他在事前做了充分准备，可让他十分失望的是，由于他出资少，主办方没有给他好位置，而是分给他一个远离主会场、比较偏僻的小阁楼。

展览推销情况可想而知。第一天，到会参观的人不计其数，大家你推我挤，场面热闹非凡。可是，汉斯公司却门可罗雀，很少有人光顾。结果，一天下来，他们没有做成几笔生意，大家心情十分糟糕。难道就这样接受现实吗？汉斯望着会场内涌动的人流，脑子里激烈地思考着，不，不能这样下去，不能白白浪费一次机会。他没有消极等待,马上召集广告人员,开始分析情况,寻找问题,希求得到解决问题的答案。

经过艰苦的讨论策划,他们想出了一个好办法。这天夜里,汉斯带着工作人员连夜定制了一批类似奖章的铜牌,这些铜牌大小不等,一面铸印着汉斯公司展销地点的标徽,一面印着简短的文字:祝您好运,凭此牌来公司展销阁楼领取纪念品,欢迎光临。

印制完铜牌,天还没有大亮,参观者还未入场,汉斯立即派人将这些铜牌撒在会场主干道上。等到参观者入场后,很快被地上的铜牌吸引了,他们握着铜牌,按照上面指引的位置找到了阁楼。这一下子,阁楼顿时门庭若市,挤满了参观者。汉斯公司从而一举成功,从最不显眼的位置成为了最受人关注的公司。接着,他们在展览期间不断撒出铜牌,生意一直十分兴旺。

这次展览会结束后,汉斯罐头食品公司名声大振,赚了 55 万美元之多。

在汉斯的成功中,小小的铜牌起到了至关重要的作用。那么,在这里,铜牌在广告活动中处于什么位置?或者说它是广告中的什么要素呢?

答案很简单,铜牌是一种广告媒介。所谓广告媒介,是指传递广告信息的物体。在实际广告传播中,媒体选择非常重要,必须详细考虑费用、产品自身特点、媒介性质等因素,其中,媒介到达目标受众或目标市场的能力是媒介选择的前提。

广告媒介有自身发展历史,随着科技进步,媒介的种类也在不断扩大。目前,常用的广告媒介大约有以下几种:(1)电子媒介 包括电视、电影、网络、电话、卫星等;(2)印刷媒体 包括报纸、杂志、挂历、电话本等。(3)展示广告 包括橱窗、门面设计等;(4)户外广告 包括广告牌、气球、车厢广告等;(5)其

他媒体　包括火柴盒、包装袋、礼品广告等。

在以上各种媒介中,从广告费和效果来说,电视、广播、报纸、杂志被誉为四大媒体,而网络在近年的崛起,形成一股新势力。

　　　　一个有效的广告必须要引起人们的注意,使人们读懂它、理解它、相信它,并据之采取具体的行动。
　　　　——广告调查专家丹尼尔·斯塔奇(Daniel Starch),1923 年

"新一代"的可乐效应
——目标受众

广告的目标受众，即广告信宿，也就是广告信息所要到达的对象和目的地。受众是广告信息传播活动取得成功的决定因素。只有当受众将广告信息转换成对他们有意义的讯息时，传播才真正开始。

　　1898 年，在可口可乐问世 12 年之际，美国诞生了另一种与其口味相似的饮料——百事可乐。此后，两种可乐之间就展开了持续不断的销售之战，其中，广告活动在这场战争中扮演了重要角色。

　　一开始，由于可口可乐经营时间长，早已名声远扬，在人们心目中形成了习惯，一提起可乐，非可口可乐莫属。所以，在第二次世界大战以前，百事可乐一直不见起色，曾两度濒临破产。

　　1960 年，百事可乐做出重大决定，将广告业务交给 BBDO 广告公司代理，从此情况出现了重要转折。BBDO 公司分析了消费者构成和消费心理的变化，他们认为，60 年代，二战之后的新一代步入社会，已经成为社会的主要消费对象，谁能够争取到他们，谁就能在竞争中获胜，所以，从新一代入手，进行全新广告

宣传,一定可以改变百事可乐原先的销售情况。

在这种思想指导下,BBDO 广告公司进一步分析了新一代人的性格特色,发现他们同样具有叛逆个性,对品牌忠诚度较低,不喜欢和父辈做同样的事,当然也不愿意和他们喝一样的饮料。这一发现无疑给百事可乐带来巨大商机。经过 4 年酝酿,他们推出了崭新的系列广告,内容强调百事可乐是献给年轻人的,现在的社会是百事的一代。

这一观念极大地迎合了新一代人的心理。其中有一个广告画面是 1960 年代的青年人不会忘记的:数百名大学生在海上的皮筏里跳舞。一架直升飞机上的摄影机调整焦距放大镜头,发现每个人手上都拿着一瓶百事可乐。他们合着音乐的节拍对着太阳饮着可乐放声歌唱。此时,音乐声起,播送出这样的曲子:"今天生龙活虎的人们一致同意,认为自己年轻的人就喝'百事可乐';他们选择正确的、现代的、轻快的可乐,认为自己年轻的人现在就喝百事。"

在这种广告策略影响下,百事可乐很快风靡美国,品牌形象不断上升。到 1960 年代中期,美国年龄在 25 岁以下的人几乎都迷上了百事可乐。

20 年后,一直为百事可乐代理广告的 BBDO 公司策划了更为有名的广告系列,这次活动由德森伯尼指导,他提出了"百事新一代"的广告口号,并且重金礼聘美国黑人摇滚乐巨星迈克尔·杰克逊,演出一个充满节拍、脱胎换骨的广告。结果,由于当时年轻人对迈克尔·杰克逊的狂热心理,加上节奏强劲的音乐,这则以巨星演唱会为背景的摇滚乐广告获得巨大回响。年轻观众投入到广告里,相信自己是"百事新一代",对广告产生了共鸣和感情。

就这样,在广告战略中,百事可乐从默默无闻的追随者扶摇直上,很快赶上了可口可乐,并一度将其超越。如今,两者已经成为饮料行业无可争议的两大巨头,他们的广告之战会更加激烈,更加精彩。

正如美国消费行为学家威廉·威尔姆说的"受众是实际决定传播活动能否成功的人"。百事可乐的成功故事告诉我们,在广告传播中,目标受众的选择非常重要。

由于受众所处的信息背景、社会、文化、经济、心理等不同,他们受这些因素影响和支配,对广告信息的理解具有不确定性,也就是他们对于传播行为是否接受,具有很强的自主性。由此来看,受众是传播过程的主动参与者而非被动接受者,他们在接受广告信息后,是否采取相关行动是广告信息发布者难以预测和控制的。所以,选择目标受众是非常重要的事情,也是一项极其艰巨的任务。

需要注意的是,受众和消费者是不同的概念,他们既有联系又有区别。受众是相对于广告传播而言,并非一定消费产品;消费者则是相对于市场活动、广告活动而言,只有当受众在接收到广告信息后采取了消费行为,才成为消费者。

> 受众是实际决定传播活动能否成功的人。
>
> ——美国消费行为学家威廉·威尔姆

速溶咖啡突围
——信息传播功能

商业广告把有关生产方面的信息传递给消费者，向消费者提供商品或劳务信息，这就是广告的信息传播功能。

20世纪40年代,速溶咖啡刚刚上市时,美国的家庭主妇并不喜欢购买,她们声称:"速溶咖啡的味道不好,比起用咖啡豆煮出来的咖啡差远了。"在这些言论影响下,速溶咖啡的销售情况可想而知。一时间,生产速溶咖啡的公司陷入进退两难之地,不知道是否还要继续生产下去?

面对这种状况,有家生产速溶咖啡的公司决心进行调查研究,看看人们到底是不是真的不喜欢速溶咖啡? 或者速溶咖啡的口味真的不如用咖啡豆煮出来的咖啡? 调查开始了,他们随机访问了多位家庭主妇,让她们在不知情的情况下,现场品尝速溶咖啡和煮出来的咖啡,结果显示,两种咖啡的口感差不多,并非家庭主妇们认为的那样相差明显。那么,是什么原因导致主妇们不喜欢速溶咖啡呢? 对于这个问题,公司从那些接受过品尝试验的主妇们那里获得了答案,有人说:"坐在家里煮咖啡,是一个非常温馨的时刻,如果客人来了,亲自为他们煮一杯热腾腾的咖啡,显示出我的好客之意。相反,如果客人来了,匆匆忙忙为他泡一杯速溶咖啡,肯定给人敷衍了事之感。"有人说:"煮咖啡可是传统的手艺,人们都说,哪家主妇煮的咖啡好,她维持的家务也一定不错,受到全家人尊重。现在,有了速溶咖啡,谁都可以随时泡上一杯,哪里还有主妇什么事? 这样的话,主妇在家里不就失去地位了吗?!"

这些说法反映到公司后,立即引起了生产厂家关注。他们意识到,问题的症结找到了。原来,自从速溶咖啡上市以来,为了促销,各个生产厂家相继推出广告,着重宣传速溶咖啡味道好,质量高,吸引人们购买。现在来看,要想让速溶咖啡突围而出,宣传的重点并不是味道和质量,它必须有自己的特色才能突破眼下困境。

对于这种结果,有些生产厂家率先行动,委托广告公司设计了一连串凸显速溶咖啡特色的广告。这些广告一改以前宣传速溶咖啡味道好的模式,而是抓住了速溶咖啡最突出的一点,那就是节约时间。广告中一再强调,现代社会时间宝贵,节约时间就是创造财富,与其坐等煮咖啡,不如来一杯快捷方便、口味一样的速溶咖啡。只有速溶咖啡才适应时代节奏和人们需求。

在这类广告影响下,人们逐渐转变了原先的看法,他们开始接受这种新型饮料,并出现购买速溶咖啡的热潮。经过一段时间饮用后,速溶咖啡逐步取代煮咖啡,走上了咖啡销售的主要地位。

从抵制到接受,从反对到喜欢,速溶咖啡逐步进入寻常百姓家,成为人们日常饮用品之一。在这一转变中,广告起到了巨大的作用,广告的信息传播功能得到充分体现,下面,我们就来看一看什么是广告的信息传播功能?

商业广告把有关生产方面的信息传递给消费者,向消费者提供商品或劳务信息,这就是广告的信息传播功能。这种功能不是单向的,而是一个循环往复的过程。现代社会商品的流向是正反两个方面同时进行的,一方面,生产者从消费市场得到消费者的需求信息,另一方面,他们要把产品信息传递给消费者,如此周而复始,循环不已。

商品流通是一个复杂的过程,在这个过程中,广告活动可以通过正确的市场调查、科学的预测为生产消费提供依据,减少盲目生产,刺激正常消费,在一定程度上促使商品经济繁荣。

给小孩看的广告,成人不喜欢有什么关系?给女人看的广告,男人不喜欢有什么关系?给农民看的广告,城里人不喜欢有什么关系?给俗人看的广告,高雅之士不喜欢有什么关系?给外行看的广告,内行不喜欢又有什么关系?界定目标受众是创作任何一条广告都必不可少的一个步骤,而广告最重要的就是取悦这些人,而不是所有人。

——广告策划人叶茂中:《创意就是权力》

"卖火柴的小男孩"
的成长史——指导消费

广告透过对商品信息的有效传播，向消费者介绍商品的厂牌、商标、性能、规格、用途特点、价格，以及如何使用、保养和各项商业服务措施，这实际上是在帮助消费者提高对商品的认识程度，指导消费者如何购买商品。

1926 年，在瑞典南部的斯马兰诞生了一位男婴，家人为他取名英格瓦·坎普拉德。同当地所有男孩一样，英格瓦健康快乐地成长着，转眼间十几年过去了，他很快成长为翩翩少年。与其他年轻男孩不同的是，他特别喜欢做生意，虽说年纪不大，却有一套很有用的生意经。他发现从斯德哥尔摩批量购买火柴，价格非常便宜，然后再以很低的价格零售，就能赚到不少的利润，于是，他经常骑着自行车，向邻居们推销火柴。

很快，英格瓦通过自己辛勤的劳动赚取了第一笔"财富"，他非常高兴，立志说："我要开办自己的公司。"1943 年，英格瓦中学毕业，他父亲送给了他一份特殊礼物，帮助他创建了自己的公司。英格瓦非常激动，为公司取名 IKEA（宜家），IK 代表的是英格瓦姓名的首写字母，E 代表的是他所在农场（Elmtaryd）的第一个字母，A 代表的是他所在村庄（Agunnaryd）的第一个字母。尽管他对自己的公司寄予无限希望，可他也许没有想到，几十年后，这家公司将会享誉全球，成为世界上优秀的跨国公司之一。

创业之初，英格瓦全力以赴，经营他所能想到的任何低价产品——钢笔、画

23

框、尼龙袜、手表……他眼光敏锐,很快发现了广告的巨大作用,于是,1945 年,他首次在报纸上做广告进行宣传活动。同时,英格瓦发现了一个非常独特的广告传播方式——制作函购目录,将目录送到消费者手中,这可以帮助消费者更方便更快捷地选择产品。

在他努力下,公司运营良好,销售大增,外地客户不断增加。怎么样将产品送到他们手里呢?这难不倒聪明机智的英格瓦,他利用当地的收奶车将产品送到邻近的火车站,进行分销活动。

英格瓦独特而灵活的销售吸引了人们注意,不少厂家主动上门,请他代理销售产品。1947 年,他大胆地引进了家具产品,这些产品都是当地生产商生产,质量上乘,价格实惠,一经推出,大受欢迎,销量持续上涨。英格瓦乘胜追击,增加了家具产品品种,公司利润猛增。

1951 年,英格瓦看到了成为大规模家具供货商的机会,停止了生产所有其他产品,集中力量生产低价格的家具,从此,人们今天熟知的宜家家具诞生了。英格瓦坚持自己的销售策略,亲自制作了第一本家具产品目录,向人们介绍自己的产品,指导他们消费。这样,宜家产生了自己最知名的特色——他们的每一套产品都有详细的导购目录,告知消费者产品的尺寸、材料、设计、保养、安装程序等,让顾客自己决策、自行提货、自行组装,一方面提高了顾客对宜家家居设计的理解,另一方面也节约了成本。

从最早的函购目录,到后来向锁定消费群发送目录手册,英格瓦创立了一套廉价有效的广告宣传办法,这个办法远比在大众媒介上播放广告有用,所以沿用至今,成为宜家文化的一部分,也为众多厂商争相模仿。宜家的产品目录,实质是一种直接投递式的广告形式。通过这种方法,他们帮助消费者提高了对商品的认识程度,指导消费者如何购买商品,体现了广告的指导消费功能。

　　首先,广告可以指导消费者了解产品。认识商品是购买产品的前提,广告可以针对消费者已存在的需求,向消费者提供某一特定产品的品牌、质量、价格、销售地点、配套服务等有关商业信息,提高消费者对商品的认知程度,以指导消费者的购买行为。

　　其次,广告还可以刺激消费需求。连续不断的广告是对消费者的消费兴趣和欲求不断刺激的过程。这包括两方面内容,一是初级刺激,一是选择性刺激。前者指对某类商品的需求。这体现在很多新产品上市后的广告;后者是指对特定品牌的需求,这是初级需求的进一步发展。

　　最后,广告还有创造流行时尚的作用。消费者的消费习惯,会受到广告的影响而改变,接受新的消费观念。

　　总之,广告的消费指导作用,为人们提供了丰富的商品信息,从而使人们及时地购买到自己所需要的商品或劳务,为广大消费者的生活提供了方便。

　　1970 年,两个来自伊拉克的兄弟摩里士·萨奇(Maurice Saatchi)和查里士·萨奇(Charles Saatchi)在伦敦创办了一间广告公司,名为 Saatchi & Saatchi(萨奇,或称盛世)。1975 年成为上市公司,1982 年与当时最大的广告集团 Compton Company 合并成为 Saatchi & Compton 盛世国际有限公司。目前的营业额逾 630 亿美元,世界排名前 25 位的广告主中有 20 家是盛世的客户。

酒店前的奇特牌子
——经营与管理

广告对企业的促进作用，首先在于促进产品质量的提高。

　　约翰手中有一笔闲散资金，于是打算做点投资，想来想去，他打算做酒店生意。可是他找到的地址附近酒店很多，三步一个大饭店，两步一个小饭店，大家你争我夺，竞争非常激烈，想要立脚实属不易。于是他迟迟疑疑，拿不准该不该投资做酒店生意。

　　这天，他的一位好友找上门来，向他献计说："我有办法让你的酒店生意兴隆。"说着，对他俯耳说了自己的计谋。

　　约翰一听，觉得可行，两人立马开始合作。不久，酒店开张，整个酒店看上

去整洁干净,却不豪华奢侈。但与其他饭店不同的是,他们既没有隆重的开业仪式,也没有做其他宣传活动。最为重要的是,酒店门口立了一块大牌子,上面清清楚楚写着一行大字:凡来店用餐者,对本店的服务态度、卫生、饭菜的质量等提出一条意见者,奖励 50 元;对本店一切满意者(指提不出任何意见者),交款一元。

结果,这个牌子吸引了很多顾客,他们出于好奇,纷纷进店吃饭。第一个月,饭店光意见费就支付了 800 元。可是,老板和工作人员很高兴,他们认为这些意见不仅可以促进他们改进质量,更证明人们对酒店的关注。第二个月,他们大力改善质量、服务态度、卫生等几个方面。月底一算,满意款竟达 560 元。前来用餐的顾客说:"吃得高兴放心,多花一元钱也值得。"

就这样,酒店生意一路攀升,很快,就发展成为当地最大最高级的饭店。

这家酒店之所以成功,在于他们充分地利用了广告的鼓励竞争、促进生产经营与管理的功能。

广告传播是一项诉求性活动,需要对消费者进行说服。所以,每一次广告宣传,都不可避免地宣传产品的生产厂家、牌号、商标等,强调产品的优点和优于同类产品之处,激发消费者的注意和兴趣。这就使得广告传播成为企业之间竞争的手段,为了更好地销售和宣传产品,企业就会不断提高质量,改善经营管理。因此,我们说广告具有鼓励竞争、促进生产经营与管理的功能,这种功能体现在以下几个方面:

1. 促进产品质量提高。通过广告传播,消费者可以对不同企业的同一产品进行比较,从而确定购买消费,这就加大了企业竞争。为了更好更多地销售产品,企业必须努力提高产品质量,开发新产品,这样才能保持竞争实力。

2. 促进企业扩大生产规模,提高生产能力。要想提高产品质量,开发新产品,获取更大经济利益,就必须扩大生产,提高生产能力。产品在市场立足,并不意味着企业取得了最佳的经济效益,只有当企业达到规模经营,投入与产出比率相对稳定时,企业才处于合理发展状态。

3. 促进企业改善经营管理。为了提高产品竞争力,就必须使产品有一个合理的竞争价格,而要达到这一点,唯一的可行途径是通过改善企业的经营管理来降低商品的生产和流通成本。这样,广告宣传的竞争,就成了促进企业改善经营管理的有效手段。

伯恩巴克(1911—1982)

毕业于纽约大学英国文学系,曾专为社会名流起草演讲稿,其优美的文笔颇获好评,后进入广告公司,曾在格雷(Grey)广告公司任创意总监。1949 年,他与道尔(N. Doyle)及戴恩(M. Dane)创办 Doyle Dane Bernbach 广告公司(又称 DDB,即恒美),任总经理。1967 年,接任董事长,后又任执行主席。

采花姑娘——广告分类

根据不同的需要和标准，可以将广告划分为不同的类别。如商业广告和非商业广告；产品导入期广告、产品成长期广告、产品成熟期广告、产品衰退期广告；经济广告、文化广告、社会广告等。

威廉·伯恩巴克是一位广告大师，1964年，美国大选之际，他设计了一则广告，这则名为"采花姑娘"——听起来十分温和，实际上却极具震撼力的广告，成为了广告史上的经典之作。

当时，林登·约翰逊和巴里·戈德华特竞选总统，双方竞争非常激烈，各自亮出观点，互不相让。而戈德华特的拿手好戏是核威慑论，他认为只要发展核事业，美国就会保住超级大国的地位，美国人民就会永远过着好日子。

针对这一点，不少人持反对意见。威廉·伯恩巴克也是一位核威慑论的反对者，他认为核威慑论将会导致世界危机，是危险的言论。因此，他十分渴望戈德华特落选。基于这种想法，他创意设计了"采花姑娘"的广告，情节如下：

湛蓝的天空下，碧绿的草地上，一位天真可爱的小姑娘正在野外采花，她哼着动听的歌谣，十分惬意自得。突然，刺耳的音乐响起，一个男人低沉的声音传来，他在倒数着，就像导弹发射前的情景一样。这时，小姑娘却毫不知情，她正在认真地数着手里的花朵，1，2，3……，伴随着男人的倒数声，数到"1"时，发出了一声惊天动地的巨响，接着，一团蕈状云升起，吞没了眼前的一切。

小姑娘不见了，鲜花、草地灰飞烟灭。

广告在电视上播出后,产生了令人震撼的效果,无数人表现出对核武器的恐惧和厌恶之情。随之,他们意识到一个问题,如果戈德华特当选,美国将会有无数无辜的儿童成为核污染的牺牲品。就这样,这则广告虽然没有明说什么,却以隐喻手法向世人宣称:不要支持戈德华特。这无疑为约翰逊最终赢得总统席位起到了推进的作用。

无独有偶,2004 年,又逢美国大选。这次竞选中,竞争双方也展开了一次类似活动。这次广告名为"100天",可看作是布什向对手克里做出的致命一击。

广告中列举了克里一旦赢得大选可能出现的两大"执政错误":

第一,克里在上任的 100 天内至少会多收取 9 000 亿美元的税收;

第二,克里在对待恐怖主义、保护美国安全方面优柔寡断,必定会削弱《爱国者法案》的效力,因为克里坚持在得到联合国同意后才采取行动。

为了强化效果,整个广告营造的氛围相当可怕,有人带着防毒面具,有人在黑暗中仓惶奔跑,似乎世界末日到了。而且,配音人员的语调也极其沉重,他们说道:"克里,错在税收;错在国防。"

试想一下,税收和国防出错,一个国家靠什么维持? 所以,这则广告有力地打击了克里,为布什当选做出了很大贡献。

上述两则广告没有明显的经济目的,但却带来另一项利益,这就是政治利益。因此,这样的广告被称作政治广告,它也属于广告的一种。简而言之,广告有以下这些分类:

1. 按照广告诉求方式分类,可分为理性诉求广告和感性诉求广告两类。

2. 按照广告媒介的使用分类,可分为印刷媒介广告、电子媒介广告、户外媒介广告、直邮广告、销售现场广告、数字互联媒介广告、其他媒介广告七种。

3. 按照广告目的分类,可分为产品广告、企业广告、品牌广告、观念广告。

4. 按照广告传播区域分类,可分为全国性广告、区域性广告。

5. 按照广告的传播对象划分,可分为工业企业广告、经销商广告、消费者广告、专业广告等类别。

总之,不同的标准和角度有不同的分类方法,对广告类别的划分并没有绝对的界限。在实际广告传播过程中,只有根据实际情况,结合相应媒介,制订有效策略,才能充分发挥广告的效能。

许舜英:台湾意识形态广告公司的总经理、执行创意总监。曾经服务过的客户有中国台湾中兴百货、中国台湾《中国时报》、东芝家电、倩碧护肤品、司迪麦口香糖、味丹企业等。其作品屡获龙玺大奖、《中国时报》华文广告奖、中国台湾自由创意2000、亚太广告节等大奖。根据台湾有关方面的调查,在2000年大众传播系毕业生最受欢迎的华人广告创意人中,年轻的许舜英排名第四,仅次于孙大伟、靳埭强和范可钦。

买椟还珠——包装广告

优良的包装有助于商品的陈列展销，有利于消费者识别选购，并激发消费者的购买欲望。 因而包装设计也被称为"产品推销设计"。

《韩非子·外储说左上》记载了一则非常有名的故事——《买椟还珠》，书中这样写道："楚人有卖其珠于郑者，为木兰之柜，熏以桂椒，缀以玉珠，饰以玫瑰，辑以羽翠，郑人买其椟而还其珠。此可谓善卖柜矣。"

故事的大意是：春秋时代，楚国有一个商人，专门做珠宝生意。有一次，他到郑国去兜售珠宝，其中的一颗明珠尤为珍贵，为了将这枚明珠卖得一个好价钱，他特地用名贵的木兰打制成一个精美的雕花盒子，并且用珠宝、玫瑰宝石、翡翠等雕刻装饰，使盒子显得美观华丽，精致大方。然后，他又用桂椒熏制，使盒子能够散发出一种迷人的香味。最后，他把要卖的珠宝放进盒子里，拿到集市上去卖。

一个郑国人见到精美珠匣，二话没说，当即用高价买下，随后打开盒子，取出里面的明珠退还给楚国珠宝商，带着木匣高兴地离去了，只留下楚国商人目瞪口呆地留在原地。

这个小故事意味深长，耐人寻味，为我们留下了"买椟还珠"的成语，而在国外，也曾发生了这样一件事：

威斯康星州有一个生产乳制品的公司，他们生产了一种新产品，请某广告公司为其设计了一个新包装。因为这款产品是根据正宗意大利配方，在威斯康星州生产的,所以,该广告公司在策划包装文案时,为了强调该产品的意大利风味,建议公司为这个产品起一个意大利味道的名字"Buono",并在果冻包装的显要位置使用了意大利国旗。

乳制品公司接受了广告公司建议,在产品卷标中印刷上英文和意大利语,在包装盒上的产品名称下面,设计了一句广告词——"正宗意大利果冻"。这款产品上市后,销售情况很好,一个月内即在中西部三个州打破了该公司的销售记录。

可是,好景不长,产品问世不久,该公司遭到竞争厂家投诉,起诉他的产品包装严重误导消费者,使人误以为果冻产于意大利,是意大利产品。

法院经过认真调查核实,最后认为果冻包装的确构成虚假广告宣传,责令该公司修改了包装中的文字,去掉意大利国旗以及标签中的意大利语字样。

上面的故事都涉及到一个话题,这就是产品包装。第一个故事中,楚国人精心设计的珠匣是一个包装广告。楚国人的包装无疑是大获成功的。而第二个更是因为包装赢得了畅销,也因为包装遭到了投诉。

从这两个故事中,我们不仅看到了包装的重要性,也认识到不管包装多么精美,最后还要归结到其中的商品上,这也是几千年来人们对于楚国商人褒贬不一的关键所在,这也是乳制品公司最终败诉的原因。那么,包装广告究竟需要如何进行呢?

首先需要明白的是,商品的包装是什么? 简单地说,包装是企业宣传产品、推销产品的重要策略之一。精明的厂商在包装上印上简单的产品介绍,就成了包装广告。这种方法利用包装商品的纸、盒、罐子,介绍商品的内容,不仅可以让人产生亲切感,包装随着商品进入消费者家庭,影响力又比较持久。同时,广告费用成为包装费用的一部分,既方便又省钱。

包装广告一般都具备以下特点:一,设计美观大方。形象、文字、构图、色彩完美统一,表现方式简洁、明快、突出;二,文字清晰易读。商品包装上的说明,包括商品的功能、特点、开包方法、注意事项等,用简明的文字表达出来;三,商标图形独特醒目。好的商标一看就会给顾客留下深刻的印象;四,位置显眼;五,造型结构科学合理。

全球化思考,本土化执行。(Think Globaly, Act Locally)

——达彼斯广告公司(Ted Bates)

安琪尔，加西亚酒吧见
——户外广告

户外媒介广告，是利用路牌、交通工具、霓虹灯等户外媒介所做的广告，以及利用热气球、飞艇甚至云层等作为媒介的空中广告等。

克劳利·韦伯广告公司坐落在加西亚酒吧旁边，两家公司的老板非常熟悉。一天，加西亚酒吧老板找到克劳利，向他诉苦说："有人要在湖边开酒吧，这样肯定会冲击我的生意。唉，要是我开一家连锁店，就可以打消那些好事人的念头了。"

克劳利说："你为什么不开呢？你的生意还可以，完全有能力开连锁店。"

酒店老板说："是，我也想到了，可……可是，不知道会不会赚钱？要是生意不好，就要连累我现在的生意。"

听他顾虑重重，克劳利没说什么。

过了几天，酒店老板再次向他提起这件事，并且说："你经营广告，能不能为我设计一个广告，既要不同寻常，能吸引顾客，又不要花太多钱，预算不要超过两万。这样的话，我就有把握开连锁店了。"

克劳利听了，点着头说："放心吧，我可以为你创作这样的广告。"

几天后，广告方案设计好了，克劳利将它拿给酒吧老板，向他详细说明了整个计划。老板边听边点头，不住地说："好，好。"于是，他们按照计划开始行动。

星期一到了，这天早晨，同往常一样，不少人骑车去上班，突然发现路边多了一块路牌。路牌颜色鲜亮，上面写着几个白色大字："穿红衣服的安琪尔：加西亚爱尔兰酒吧一见。希望见到你——威廉。"

看上去像是青年男女之间的约会，不少人发出会心的一笑，转身走了。可是，大出人们意料的是，这块路牌天天树立在此，而且每天都变换不同的内容。一次比一次更加浪漫，更加急不可待。"穿红衣服的安琪尔，我仍在等待，加西亚酒吧，星期五，好吗？——威廉。""穿红衣服的安琪尔：为了这些路牌，我快一个子儿都没有啦，加西亚，……求你啦！——威廉。"这下，人们再也无法漠视它的存在了，许多人们开始涌向加西亚，寻找路牌上的安琪儿和威廉，想看一看这到底是两个什么样的人物。

9个星期过去了，在等待和盼望中，人们无数次踏进加西亚，无数次议论安琪儿和威廉的故事，可是始终没有得到答案。终于有一天，路牌向人们揭开了答案："亲爱的威廉：我肯定是疯了。加西亚见，星期五，8：30——安琪尔。"

结果，到了星期五晚上，加西亚酒吧爆满，人们都在热切地期待着安琪尔和威廉的出现。酒吧不得不雇请了两名模特来扮演威廉和安琪尔。啊，威廉终于找到了安琪儿，一段美好的爱情故事在人们的见证中得以圆满，这是多么令人激动的时刻，他们唱啊，跳啊，为安琪儿和威廉祝福。

事情没有到此结束，第二个星期，最后一块路牌出现了："安琪尔：谢谢周五加西亚一见,我高兴死了——爱你的,威廉。"

至此,克劳利为酒吧老板设计的广告活动宣告结束。透过这次活动,加西亚名声大振,收入骤增,克劳利·韦伯公司也向加西亚和全世界证明,在广告投入不多的情况下,只要有想象力,户外广告完全可以成为理想的媒介,取得良好的效果。

户外广告是综合广告媒介之一,常见的有以下几种:路边广告牌、高立柱广告牌、灯箱、霓虹灯广告牌、LED 广告牌、户外电视墙等,现在不少商家还利用升空气球、飞艇等先进的户外广告形式。

户外广告一般有两个特点:预算不高和创意独特而富有趣味。这就要求在户外广告前,一定要设定基本的方针创意,比如采用优美的色彩、悦人的基调等,往往能对消费者产生扣人心弦、加强印象的效果。

目前,随着科学技术迅猛发展,户外广告也引用了不少新材料、新技术、新设备,设计和制作越来越精良,逐步成为美化城市的一种艺术品,因此,不少城市把它当作经济发展程度的标志之一。

我发现最好的性广告信息是那些带来破坏期望的手法,即先用性把你诱入,但广告实际的内容却非你所想。这种恶作剧式的惊喜会转变成对产品本身的一种美好感觉。

——美国 BBDO 广告公司的首席执行官比尔·凯兹如是说

以假乱真——广告诉求

感性诉求广告是直接诉诸消费者情感、情绪的信息表达方式。 广告采取感性的说服方式，使消费者对广告产品产生好感，进而购买使用。

一家三代生活在一起,爸爸妈妈上班去了,不足半岁的孩子由爷爷看护。对于一位老年男子来说,看孩子可不是件轻松事,但他别无选择。

这天,年轻的父母上班去了,小小的婴儿躺在爷爷怀里,香甜地熟睡着。爷爷看看孩子,觉得他一定睡得十分踏实了,于是拿起身边的遥控器,准备看会儿电视放松一下。手指一摁,电视里正在播放摔跤比赛,激烈的打斗场面配合紧张刺激的喊叫声,顿时使得屋内一震,婴儿惊慌失措地哇哇大哭起来。爷爷手忙脚乱,连忙把孩子放进婴儿床,边摇晃边说:"宝宝,别着急,爸爸妈妈就回来了。"可是一点效果都没有,孩子哭个不停。爷爷想了很多办法哄孩子,都无济于事。突然,爷爷眼前一亮,有了主张,他快速地翻出一张全家合影,用计算机和693C型桌面喷墨打印机打出一张婴儿母亲的放大图片,将它挂在了自己脸上。

婴儿看到母亲的照片,一下子就安静下来,再次熟睡了。这时,一只狗进入房间,爷爷忙把食指放在婴儿"母亲"嘴唇前,示意狗不要出声。

这便是惠普公司的喷墨打印机广告了。随着故事结束,电视上推出这样的字幕及广告语:"惠普图片高质量打印机,能够以假乱真。""专家研制,人人可用。"

不用说,这则还曾在嘎纳广告节上播出的广告打动了亿万人们的心。它摆脱了以往科技产品常走的老路——进行理性诉求,而是透过轻松自然的生活片段展示产品的优势。人们在欣赏广告过程中,跟着爷爷一起着急想办法,直到问题解决，才松了一口气，这样，商品的特点、性能、质量、效果就非常牢固地记录到人们脑海中。更具有感性化的场面是狗的进入，这既可以增加故事的生活性，又能增强人们的记忆力。

惠普公司一反常态，在科技产品推销中利用感性诉求广告取得成功，充分展示了感性诉求广告的巨大魅力。因此，广告大获成功，惠普打印机深入人心。

诉求方式就是表现策略，在广告传播中，诉求方式就是解决广告如何表达的方式，即"怎么说"的问题。其中包含着两方面内容，一是"对谁说，"二是"说什么"。适当的表达方式可以激发消费者的潜在需要，促使其产生相应的行为，以取得广告者所预期的效果。

一般来说，诉求方式分为理性诉求广告和感性诉求广告两种。在感性诉求广告中传递的是软信息。进行感性诉求广告时，一般都会营造理想化的故事情节和画面，刺激公众的感官系统，引导公众进入一种浪漫化的境界。而且，表述语言充满刺激性和鼓动性，能够影响公众的联想心理和梦幻心理，特别对青少年，很容易产生强烈的影响力。在实际操作中，日用品广告、食品广告、公益广告多热衷于此类广告。

> 有多少广告能把钢琴描绘得生动无比，引得读者能去听？有多少食品在广告中能被描绘得竟然令读者能够品尝到它的滋味？有多少广告把香水描述得竟然能使消费者闻到它？有多少人能把一件睡衣描绘得能令读者感受到它与身体接触时的那种快感？
>
> ——瓦尔特·蒂尔·斯科特（Walter Dill Scott）教授在其著作《广告心理学》（1908）中，质疑那种只是描述产品本身的广告，倡导广告中应强调产品给购物者带来的感受和喜悦。

"让天空成为地球上最好的地方"——品牌广告

品牌广告,是以树立产品的品牌形象,提高品牌的市场占有率为直接目的,突出传播品牌的个性以塑造品牌的良好形象的广告。

提起法国,给人的印象总是优雅、精致和高尚品位等,而这一形象的确立,在某些方面也要归功于他们国家的产品及品牌广告,下面这个就是法国航空公司的故事:

20 世纪 80 年代以后,随着科技的发展,航空业务竞争激烈,这时,法航开始推出精致的服务,力图在竞争中保持优势。可是,这些服务只能体现在具体的航行中,怎么样才能将自己的特点传给全世界的消费者呢?

法航主动与广告公司联系,希望他们给出高超的计策。这家公司叫灵智大洋广告(RSCG),是法国最大的广告公司之一,他们立刻展开了市场背景调查,了解法航的市场定位、竞争者情况以及品牌优势等。在全面了解这些内容的基础上,他们发现:多年以来,各国航空公司几乎没有什么营销和宣传,公司形象也就是国家特色,比如瑞士航空的准时、德国汉莎航空的技术、法国航空的美食和漂亮空姐等。看来,要想突破以前航空公司给人们的印象,必须打造品牌,在各国特色基础上,营建属于自己的特色。

于是,广告公司向法航建议,提出了一个大胆的广告主题:让天空成为地球上最好的地方。这是关系重大的提议,法航和广告公司开始认真设计、规划和实施。经过艰苦努力,1999年,这则广告终于与大众见面了。

画面上是名模斯蒂芬·克莱恩(Ste-ven Klein)手持化妆镜背对镜头,镜子中映出她面向蓝天的美丽面容和温和的眼神,她正注视着天空中飞过的一架法航客机,蓝天上浮现出一行小字——"让天空成为地球上最美的地方"。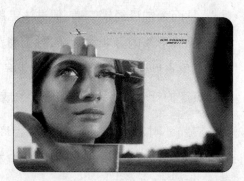

这则广告一下子吸引了人们的目光。接着,他们推出系列广告。在这些广告中,无一例外都是蓝色的天空,有时天空甚至占据约2/3的画面;当然,有时候蓝天之上飘着朵朵棉絮般的白云,但总是法航的飞机从中飞过;另外,广告中总会出现一些迷人的姑娘,她们配合着画面展现出优美的姿态,显示出"让天空成为地球上最美的地方"这句话的深切含义。系列广告充满了法国航空独有的美感和浪漫的诗意,同时准确表达了法航的诉求,获得巨大回响。

这样,法航终于打造了属于自己的品牌形象,让人们看见了一家在天空上进行大写意和提供精心服务的企业。"法国格调"的广告,让人们感觉到法航的浪漫与人本精神,彻底改变了以前人们对法航的旧印象。

法航不遗余力打造品牌形象,体现了他们对于品牌的追求和敏锐眼光。人们预测,在未来的市场上,广告主的利润将主要依赖成功的品牌形象。

所谓品牌形象,就是消费者对该品牌具有的全部联想,或者说消费者一想起该品牌就会想到的东西。其特点是不直接介绍产品，而是以品牌作为传播的重心，从而为铺设经销管道、促进该品牌下的产品的销售起到很好的配合作用。所以，品牌形象内容非常复杂，对于消费者和商家来说，都是至关重要的。比如品牌形象有助于区分、销售产品；品牌形象是长久的，不能仿造的；品牌形象是品牌资产的一个重要部分；品牌形象成为消费者品牌选择的重要标准等等。

实践证明，品牌广告不仅有利于商品的销售，而且对商家提高自身的社会地位、为商家快速发展、在社会事务中发挥自己的影响力、招聘人才等多方面都有极大的促进作用。

灵智环球广告集团：全世界最大的广告集团之一，在全世界 65 个国家有 140 个广告公司，员工超过 7 000 名，分布在欧洲、拉丁美洲、亚太区和印度、中亚等地。它是 Havas 广告集团的一部分。Havas 集团是全世界第八大传播集团。

怀孕的男人——公益广告

公益广告亦称公德广告或公共服务广告,是以为公众谋利益和提高福利待遇为目的而设计的广告。

20世纪70年代,英国流产的比例开始节节攀升,频繁的流产行为严重伤害到了妇女们的身心健康,有鉴于此,一个名为家庭计划指导会的组织,决定推出一连串活动,宣传计划生育。

怎么样能够吸引人们注意,让人们认识到问题的严重性呢?

组织人员找到当地的萨奇广告公司,请他们设计制作一副宣传海报。

广告人员接到任务,立即投入到紧张的设计中,他们清楚,这是一则公益广告,与商业广告不同,既不侧重于商品,也不侧重于商家,而是侧重于效果。只有人们注意到广告,并从广告中深切体会到其中内容,进而采取一定行为,这才达到目的。

在这种思想指导下,宣传海报设计出来了。当广告人员把海报拿给组织人员时,他们无不拍手称好,觉得这个海报一定会一举成功。

果然,海报贴出后,一下子吸引了全英国人,引起强烈回响。只要看到海报的人,都记住了海报的内容,而且会不由自主产生很多想法。这张海报究竟是什么内容呢?

原来,海报设计者一反传统观念,没有从女性角度谈论问题,而是在海报上

画了一位男士,这位男士左手撑腰,右手摸着大肚子,十足像个怀孕的妇女。广告词是:"假如怀孕者是你,你是否会更谨慎?"(Would you be more careful if it was you that got pregnant?)内文则写着"避孕是生活中紧要事之一,家庭计划协会忠告每一位已婚和未婚者。"

这则公益广告画面幽默,意味深长,而且突破传统,既宣传了计划生育,让男性开始认真考虑起避孕的重要性,又挑战了传统的大男子主义,真是一举两得,十分成功。

公益广告亦称公德广告或公共服务广告,是以为公众谋利益和提高福利待遇为目的而设计的广告,是企业或社会团体向消费者阐明他对社会的功能和责任,表明自己追求的不仅仅是从经营中获利,而是过问和参与如何解决社会问题和环境问题这一意图的广告。所以,此类广告不以盈利为目的,而是为社会公众切身利益和社会风尚服务。

公益广告最早出现在 20 世纪 40 年代初的美国,亦称公共服务广告、公德广告。公益广告具有社会的效益性、主题的现实性和表现的号召性三大特点。与一般广告的不同之处主要表现在以下三方面:

1. 公益广告的"广告主"多为政府部门、专业协会、社会保护组织、各种基金会等,有时也包含一些经济实力雄厚的企业和广告公司。

2. 公益广告的主题内容是老百姓的日常生活。它通过运用独特的创意、深刻的内涵、艺术制作等广告手段,用不可更改的方式、鲜明的立场及健康的方法来正确诱导社会公众。

3. 公益广告的诉求对象最广泛。它是面向全体社会公众的一种信息传播方式。例如提倡戒烟、戒毒的公益广告,不仅针对吸烟、吸毒者,也针对烟、毒的危害伤及到的其他人群,因此,这类广告是社会性的,是整个人类的。

> 正确地看,广告完全与人有关。是如何使用文字与图片去说服人们做事,去感受事物与相信事物。而人又是不可思议的、疯狂的、理性的与非理性的各色杂陈。广告也涉及人们的欲求、人们的希望、人们的口味、人们的癖好、人们的渴望,以及风俗与禁忌。或者以学术的语言讲,就是涉及哲学、人类学、社会学、心理学以及经济学。
>
> ——美国著名广告人詹姆斯·韦伯·扬:《怎样成为广告人》,1962 年

"面孔"篇——劳务广告

劳务广告是服务性企业所做的，以提供劳务服务为内容的广告。

1982 年，英国航空公司调查显示，人们对它的服务质量普遍存在着意见，对此，他们推出了一个"曼哈顿登陆"的广告战役，目的是树立英航新的主题航线以及给消费者留下规模、资历和国际化等品牌印象。这个广告战役取得了一定成效，但是没有达到预想的效果。于是，从 1985 年开始，英航转变了战术，从形象塑造转为更实际的广告，主要面对商务旅客，开始追求新的服务设计。新的广告口号是"超值关心您"、"助您顺抵商务目标"。令人不解的是，这些积极的举措并没有帮助英航找到一个彻底解决品牌印象的办法。

1989 年，英航在总结前两次经验的基础上，创作了一条令人印象深刻的广告片，那就是著名的"面孔"篇。这则广告推出后，引起强烈回响，为英航带来了可观的收益，说起它的产生，还有着一段漫长的故事。

英航在多次调查当中，发现旅客需要更多温暖和人性化的要素，尤其是当时的竞争对手维珍(Virgin)航空将自己定位为"友好"，看来，英航要与之一竞高低，必须拿出更有力的策略。

为了改变人们对英航已有的态度，管理层决定重新强调自己的国际网络规模，同时借助原先轰动性广告相关连的规模与壮观等要素，在传递"和平、友爱，全世界人民是一家"的信息同时，主要希望增加品牌个性的温暖和人性化感觉。有资料表明，每年搭乘英航的人数超过 2 400 万人，他们从四面八方相聚到一起,英航正是让他们相聚的载体。为此,广告代理公司盛世长城专门创作了一条壮观的广告"面孔"篇,成为英航发展过程中的里程碑。

这则广告规模宏大,动用了 4 000 人参与拍摄,大部分都是来自高中和大学校园的学生,身着各色服装的人聚集在一起排列成一张巨大的面孔,还会眨眼和微笑。广告的乐曲来自法国作曲家 Delibes 的"花朵二重唱"(Flower Duet)。广告在美国犹他州的平原、市区和山峦重拍了很多遍才完成。这是一部奢侈的广告片,其中充满了人类普遍的情感经验,没有对白,没有话语。为此,英航付出了 200 万美元拍摄费用。"面孔"篇推出后,全世界超过 70 个国家 15 种语言的 60 亿观众收看过,许多观众还是在英国航空公司机舱里收看的广告录像。

作为服务型行业的英航,所做的广告就是要达到宣传其服务质量的目的。"面孔"篇广告强调了英航的规模及其服务质量,同时表达了飞行真实的目的和益处——与人相遇,因此,一举成功。

广告的产生和发展,已有悠久的历史。它是阶级社会里产业分工的必然产物,是人类社会发展到一定阶段、社会生产达到一定水平之后,人们从事商品买卖和物质交换的辅助手段。而劳务广告正具有与商品广告相同的特性,它是服务性企业所做的,以提供劳务服务为内容的广告,如介绍银行、保险、旅游、饭店、车辆出租、家电维修等内容的广告。

> **韦兰·艾尔(1848—1923)**
>
> 创办 N. W. 艾尔父子广告公司,艾尔以他"公开的合同"——客户公开支付给其商议好的媒介代理费的 15% 的佣金的做法,在广告业中广为影响并得到尊重。

以豪华为名——观念广告

以建立观念为目的的广告是通过宣传，把广告主所推崇的某种观念向大众传播。

如今，在汽车市场上，"日系豪华车"这一说法是被广泛接受的事实，但在Acura之前，这还是令人难以想象的一件事。确实，日本汽车制造商惯常制造小而可靠的经济型轿车，但是，对于那些欧洲豪华品牌，即使是美国三大汽车公司也只能望其项背。但是，本田汽车公司却将这些不可能变成了现实。

1986年，Craig Mathiesen被Ketchum广告公司从旧金山调到洛杉矶并负责在洛杉矶建立办事处，策划和实施本田汽车公司的市场投放战略。

一天，在美国本田总部旧办公楼的自助餐厅中，美国本田的三位高层围坐在一张福米卡桌子旁，正在分析Craig Mathiesen的一项最新提议：改变以往市场定位，推出豪华型日式汽车。三位高层人员不是不知道汽车行业的现状，更清楚本田汽车的情况，他们说："日本的经济型轿车和欧洲的豪华车之间相差很远，进口车的购买者在两者的选择上不可能有如此大的跳跃。"

那么，新提议只能置之不理吗？现实有没有为日本汽车提供更好的良机？Craig Mathiesen大胆地继续坚持自己的观点："正因为以前日本没有豪华型汽车，所以现在才是最好的机会，再等几年，肯定会被其他公司捷足先登！"富有远见卓识的三位高层被说服了，他们确认了Craig Mathiesen的提议，创立了新的汽车事业部，一项伟大的计划开始付诸行动。

9个月后，一款新型豪华汽车问世了，如何为其命名、如何为其进行广告宣传成为迫在眉睫的事情。当然，负责广告工作的 Ketchum 公司不是等闲之辈，他们很快创作了"精湛工艺，打造完美汽车"的广告口号，并且提出了好几个名称方案。最终，Acura 脱颖而出，成为日式豪华车的代表名称。"Acura"这个词是拼构出来的，在几种语言中 acu 都意味着"精确"。

广告一经推出，立刻受到了多数消费者的欢迎，Acura 的豪华车形象也借此建立起来。在此以后，日本各大汽车公司，如丰田、日产都相继推出了豪华型汽车，从而确定了日式豪华车的地位，推动了日本汽车业发展。日本本田公司成功地改变了人们的观念，推出了 Acura 豪华车，这就不能不感谢观念广告的影响力了。

所谓观念广告，就是企业对影响到自身生存与发展，并且也与公众的根本利益息息相关的问题发表看法，以引起公众和舆论的关注，最终达到影响政府立法或制定有利于本行业发展的政策与法规，或者是指以建立、改变某种消费观念和消费习惯的广告。

观念广告的特点是，不直接介绍商品，也不直接宣传企业的信誉，一般表现为企业精神、口号、奋斗目标或对大众的希望等。由于向消费者推销一种观念，使之认可、接受，需要较长的时间，而且人的心理状态各不相同，所以进行这种广告宣传是最深刻也是最困难的，一旦成功建立，则有助于企业获得长远利益。

> 广告代理商的作品是温暖的，全然人性的，它触及人们的需求、欲望、梦想和希望；这样的作品，绝对无法在工厂生产线上完成。
>
> ——李奥·贝纳

爱他，就给他吃冰淇淋
——报纸广告

报纸广告是指刊登在报纸上的广告。

1989年,哈根达斯从欧洲起步,通过精致、典雅的休闲小店模式进行销售,逐步成长为世界级的顶尖冰淇淋品牌。说起它的成长历史,广告起了不容忽视的作用。

冰淇淋一贯是儿童消费的食品,哈根达斯则是第一个明确以成人消费者为目标的冰淇淋产品,并以此战略打入欧洲市场,第一个在欧洲开设了专卖店。为了宣传产品,他们首先在品牌的广告设计上,注重强调哈根达斯冰淇淋口感的纯正爽滑。

当时,为了达到这一目的,他们根据消费者调查结果展开了广告活动。那次调查显示,多数人形容哈根达斯冰淇淋是一种带着"慵懒的柔情"、给人一些"情欲"与"梦幻"感觉的东西。于是,哈根达斯决定在广告中营造一种亲呢温馨的氛围,让哈根达斯冰淇淋的味道变得可以感觉和可以想象得到。

哪种广告适合体现产品的口味和感觉呢?经过比较筛选,他们认为自己的目标群体较小,不适合在覆盖面太散的电视上做广告,而应该选择报纸和杂志。报纸和杂志色彩感更强烈持久,质量感更突出优秀,特别是大幅面的广告,能更方便锁定消费者,比起电视广告既能节省费用,还能增强广告效果,何乐而不为?

于是,哈根达斯聘请知名的摄影师为广告拍摄精美的图片。这些广告片不仅要呈现高水平的画面给消费者看,还要表达出创意中隐含的思想。

拍摄是一项非常高难度的工作。不过,在哈根达斯和摄影师的共同努力下,一组组超乎寻常的精美图片诞生了,这些图片以广告形式推出后,回响强烈,到1991年,哈根达斯在英国的销售量比1990年增长了398%。

报纸是一种印刷媒介。它主要有三个方面的优势:

第一,版面大,篇幅多,这样可以给予广告主更大的选择空间。而且报纸具有很强的解释能力,需要向消费者详细介绍的广告,比较适合在报纸上发布,因此当有新产品上市或进行企业形象宣传时,多会选择全页整版广告。

第二,报纸具有特殊的新闻性,在报纸上做广告会增加其可信度。将新闻与广告混排,更容易让人们关注到广告,从而提高其阅读力。

第三,报纸编排灵活,对广告改稿或换稿都比较方便。而且报纸截稿期较晚,只要保证广告稿在开印前几个小时送达,即可保证准时印出,可见在报纸上发布广告极为方便。

约翰·卡普莱斯(John Caples)

广告文案创作的奇才,一生从事广告业将近60年,在以科学的方法测度广告成效。他的广告测试的方法奠定了广告量化学派的理论,几乎是现在网络广告中跟踪研究客户理念的鼻祖。

平面上的立体文胸——杂志广告

杂志广告是指在杂志上刊登的广告。它以特定对象（目标市场）为目标，以专见长，具有选择性强、视觉冲击力强等优点，也有时效慢、广告覆盖面有限等缺点。

在进行杂志广告创作时，很少有广告主或广告公司会用立体概念去思维。但巴西女用内衣生产厂家瓦莉萨公司及其广告代理公司却是个例外。

瓦莉萨公司生产了一种新款双效文胸，在投放市场之前，他们委托广告公司设计广告进行宣传。

广告公司受命后，开始了调查研究工作。他们知道，长期以来，内衣广告数量很多，造成一定影响的也不少，然而，这些广告中大多采用美女策略，已经有些老套了。如果自己再为瓦莉萨公司设计一则与以往类似的美女广告，效果绝对只是平平。怎么样才能凸显新意，为产品找到最引人注意的突破口呢？

在仔细研究产品和媒体过程中，广告公司找到了灵感。他们发现，内衣广告多数采用杂志做媒体，因为杂志的消费群体固定，时间效果长久，而且杂志图案鲜明突出，很容易体现产品的个性。这对于女性内衣来说，是非常有利的宣传媒体，所以杂志往往是女性内衣广告的第一媒体选择。

确定了媒体之后，他们进而创意各种图案和文字，可是一直都不满意。这天，几位创意人员又在一起讨论研究，其中一人将产品放在杂志上比划着："再好的图案也不如真产品效果好，要是把产品放上去就好了。"他的议论引来另一位同事的注意。那位同事信手涂画了一副巨大的彩页，放到打开的杂志中间，这时，他惊奇地发现：由于两边相同的厚度使图画上的乳房线条凸现，呼之欲出，两页中间的装订线恰似双乳间的乳沟。

这一灵感获得大家一致认同，他们共同努力制作了更为精美的图案，并且创造了这样的广告标题："书缝的效果就是双效文胸带给您的效果。"

这则文胸广告刊登发布后，产生了惊人的效果。此广告同时获得了1994年度《广告时代》最佳杂志广告奖。

杂志广告也是一种特别的广告投放媒体，具有自己的特点：杂志一向都有着专门的读者群，因此当商品以特定目标群体为对象的时候，适合选择这一媒介；其次与报纸和电视广告相比而言，杂志的保存阅读期更长，读者接触的次数比较多，这样有助于加深消费者心目中的印象，取得更好的广告效果；杂志印刷精美，有着极强的视觉冲击力，可以加深对读者的吸引力，而且一般而言，一个广告会占据整页的内容，保证了它不会被其他的信息干扰，使得读者的注意力集中。

不过，杂志的时效慢、发行周期较长，因此信息的传播都比较缓慢，再加上杂志的读者群比较窄，广告受众相对更小，因此在刊登广告时要注意规避这些不足。

霍华德·拉克·哥萨奇(Howard Luck Gossage，1918—1969)

被称为"广告业里最机巧的反叛者"。反广告广告的鼻祖，他以抨击、嘲弄广告的广告自成一家。

非黄金时间捡黄金
——电视广告

电视广告是一种在电视媒体上进行传播的广告形式。

美国企业家雅各布·巴洛斯基是阿德尔化学工业公司的总裁。第二次世界大战以后,他发明了一种非常实用的家用液体洗涤剂,将之命名为莱斯托尔,并很快推向市场。

然而,这种新推出的洗涤剂起初并没有得到消费者的认同,巴洛斯基只能在报纸和广播上做广告,推广自己的产品。广告之后,产量得到了提升,但仍是不景气。无可奈何之下,巴洛斯基将眼光投向了新兴的电视。当时是五十年代末,美国的家用电视机已经相当地普及,电视观众是个不小的群体,但也正因此,电视广告的费用并不低,特别是晚上6时到10时的黄金时间,广告费用更是其他时间的数倍甚至数十倍。

当时,洗涤剂的销量一直不尽如人意,阿德尔公司的财力并不宽裕,昂贵的电视黄金时间广告对他们来说是个极大的难题,但面对这一切,经过深思熟虑的巴洛斯基还是下定了决心。1954年,他毅然取消了一切报刊和广播广告,集中财力同公司所在地的霍利约克电视台签订了一个为期一年、1万美元的合同。而特别的是,他所签订的并非黄金时间广告,而是选择了非黄金时间,并以每周30次的高密度次数循环播出莱斯托尔洗涤剂的广告。

连续播出两个月后,莱斯托尔的销量大幅度上升,此时,巴洛斯基立刻向银

行贷款 7.5 万美元,在临近的斯普林菲尔德和纽黑文两大中心城市也开始他的广告宣传。广告宣传依旧采用了高饱和式的非黄金时间电视广告。随着广告的播出,企业和产品的知名度大大提高。

第二年,巴洛斯基将广告覆盖面从大城市扩大到了中等城市,在曼彻斯特、波特兰等城市,电视的非黄金时间中都可见到莱斯托尔的身影,渐渐地,广告所及的城市中,80% 的家庭主妇选择和使用了莱斯托尔洗涤剂,莱斯托尔的销售额已超过 170 万美元。

接下来,巴洛斯基开始进一步扩张版图。他先是花费 40 万美元,购买了每周 123 次的电视广告时间,让纽约人成为了莱斯托尔的忠实用户。两年的时间里,他横扫了费城、底特律等大城市,并建立了从东至西的庞大的横向销售系统。到了 1958 年,莱斯托尔的销售额已经达到了 2 200 万美元,而他们所付出的电视广告费用则高达 1 230 万美元。

你知道这意味着什么吗？这表示阿德尔公司是全美电视节目最大的单一商标赞助人，甚至远远超过了多年位居广告大户榜首的可口可乐公司。但这巨大的付出为他们带来的是更大的收益，莱斯托尔的销售额在短短 4 年的时间内激增了 44 000 倍，成为了当之无愧的王者。

这就是被美国广告界称为"4 个不可思议的电视年"的电视广告。面对这一切，广告界开始重新审视起非黄金时间电视广告的使用价值，开启了电视广告的新篇章。

电视广告是信息高度集中、高度浓缩的节目。电视广告兼有报纸、广播和电影的视听特色，以声、像、色兼备，听、视、读并举，生动活泼的特点成为最现代化也最引人注目的广告形式。电视广告发展速度极快，并具有惊人的发展潜力。

电视广告与广播媒体一样，电视也是瞬时媒体，受众对电视广告所持的是"爱理不理，可有可无"的态度，要使电视广告成为面对面的销售方式，就要在创意方面加倍努力，以独特的技巧和富有吸引力的手法传达广告讯息。

菲利普·杜森伯里（Phil Dusenberry 1936— ）
BBDO 广告公司前总裁兼首席创意长，广告界最有影响力的人物之一。他的冲击力表现在给人留下深刻印象的广告之中，尤其擅长借助名人效应。

大大的 M——POP 广告

Pop 广告，是英文 point of purchase advertising 的缩写，意为"购买点广告"。

当今世界,恐怕没有哪个产品能像麦当劳品牌那样深入人心。作为美国文化象征的麦当劳,已经在全球 120 个国家设有 29 000 家快餐店,每天服务的客户达 4 500 万,几乎在任何一个国家都可以看到那座金色的 M 型拱门。麦当劳的成功是一个伟大的传奇,其中,广告运作又在它的成功路上上演了一幕幕动人的故事。

1937 年,麦克·麦当劳和迪克·麦当劳兄弟俩在美国开了一家汽车餐厅,专门销售每个 15 美分的汉堡,他们采用自助式用餐,使用纸餐具,提供快速的服务。这种独一无二的汉堡小餐厅经营方式很适合美国人的口味,因此大获成功。不久,麦当劳兄弟开始建立连锁店,并亲自设计了金色双拱门的招牌。到 1954 年,麦当劳已经拥有 10 家连锁店,全年营业额竟达 20 万美元。

就在这一年,有位奇怪的客人来到麦当劳,他将成为推动麦当劳走向辉煌的决策者。此人名叫克罗克,是经销奶昔机的老板,前些日子,他发现圣伯丁诺市一家普通餐馆一下子就定购了 8 台奶昔机。以往可从没有人一次就要买这么多机器呀!他十分好奇,出于生意上的需要,他认为必须弄清楚这是怎么回事,就特地赶到了圣伯丁诺。

当克罗克来到麦当劳餐厅时,立即被眼前的景象惊呆了,只见小小停车场里挤满了人,足有 150 人之多,在麦当劳餐厅前排起了长队。克罗克可从未见过这种作业方式,他故意大声说:"我从未为买一个汉堡而排队。"

"哦,"客人中立刻有人接茬说,"您也许不知道这里的食品价格低、质量好,餐厅干净,服务又周到。何况速度这么快,别看排队人多,一会儿就能买到。我可是这里的常客。先生,您不妨也试一试?"

这番话使克罗克马上察觉到麦氏兄弟已经踏进了一座"金矿"。他立刻进店找到麦当劳兄弟,与他们达成了合作协议。尽管协议条件对克罗克十分刻薄,但他坚持己见,连续开办了多家连锁店,并于1961年贷巨款买下了麦当劳的股权。此后,克罗克大展拳脚,开始了更为辉煌的创业之路。除了更加严格的服务要求外,克罗克注重广告宣传,这成为他大获成功的一个重要因素。

首先,克罗克保持了麦当劳的金黄色双拱门标志,这也成为它重要的象征。说起来,自从克罗克购买下麦当劳以后,他完全有资格改换餐厅名称和店面设计,或者取名"克罗克",或者将店面标志改成 K 型,因为 M 型店门设计是根据麦当劳兄弟名字的第一个字母 M 设计的。现在,既然店主人换了,是不是也该将整个店来一番改头换面? 许多人都抱着这种心态向克罗克提建议:"以前,麦当劳兄弟对你很苛刻,又以如此巨额卖给你,你不能再用他们的名号和标志了,要用自己的。"

克罗克并非鼠目寸光之辈,他摇头否决了这些建议:"麦当劳产品质量极佳,已有良好的形象和顾客群,这是一笔无法估量的财富,我不能将财富拒之门外。我的目标是让更多人品尝到可口美味的汉堡。"他坚持使用了麦当劳的名称和标志。同时,他还继承使用麦当劳以前的很多店面设计,尽量保持风格不变。

1963 年,克罗克在广告人员帮助下,又推出了"麦当劳叔叔"形象。"麦当劳叔叔"头上顶着一只装有汉堡、麦乳精和土豆条的托盘,鼻子上装有一对麦当劳杯子,脚上的鞋子像两块大面包,其形象相当商业化。这个小丑般的形象,给顾客留下可亲可爱的感觉,特别受到孩子们的欢迎。从此,"麦当劳叔叔"成了全美电视广告上为麦当劳做宣传的代言人。

多年来,麦当劳每年都斥巨资用于广告宣传,而且,特别注意店面形象统一化,不管在世界哪个地方,麦当劳店面的 M 型黄色门口没有改变过,各种店面装饰设计也是保持一致,凸显了独有的文化魅力。如今,黄色的双拱门标志已经成为麦当劳世界通用的语言,这个 M 标志成为麦当劳广告与消费者沟通的最好方式。

麦当劳的双拱门标志以及店内外各种统一性的装饰设计,都是 pop 广告的表现形式。所谓 pop 广告,是许多广告形式中的一种,它是英文 point of purchase advertising 的缩写,意为"购买点广告",简称 pop 广告。

pop 广告的概念有广义的和狭义的两种:广义的 pop 广告的概念,指凡是在商业空间、购买场所、零售商店的周围、内部以及在商品陈设的地方所设置的广告物。狭义的 pop 广告,仅指在购买场所和零售店内部设置的展销专柜以及在商品周围悬挂、摆放与陈设的可以促进商品销售的广告媒体。

pop 广告起源于美国的超级市场和自助商店里的店头广告。1939 年,美国 pop 广告协会正式成立后,pop 广告获得了正式的地位。20 世纪 30 年代以后,pop 广告在超级市场、连锁店等自助式商店频繁出观,从此逐渐受到重视。1960 年代以后,随着超级市场的销售方式推广到世界各地,pop 广告也随着走向世界。

路易斯连线互联网——网络广告

网络广告指运用专业的广告横幅、文本链接、多媒体的方法，在互联网刊登或发布广告，通过网络传递到互联网用户的一种高科技广告运作方式。

1993 年,路易斯·罗塞丝和妻子简·梅特卡夫创办了《连线》杂志。这是一本计算机科技杂志,在当时计算机期刊的出版被 Ziff-Davis、IDG、CMP 等巨型出版集团垄断的情况下,它的处境不妙。

然而,路易斯独辟蹊径,改变多数计算机刊物的经营策略,从人的角度入手探讨技术,以及技术对政治、文化、社会和伦理道德带来的冲击。从而使得《连线》杂志独具特色,涵盖面广,从数字鸿沟到网络礼仪,无所不包;另外,文章中善于思考的特色使枯燥的数字时代充满了哲学意味。就这样,起步晚、缺乏背景的《连线》在众多计算机期刊中得以生存。

1994 年,路易斯的杂志再次陷入了艰苦经营,这时,他从逐渐兴起的互联网上看到了商机。作为计算机期刊创办者,路易斯自然十分熟悉互联网发展情况,他开始为杂志制作网站,希望更多读者能够通过互联网了解自己的杂志。就在这个过程中,他产生了一个想法:在互联网上进行广告业务。他想,既然互联网可以沟通全世界的人,为什么不在上面做广告宣传产品呢?这样,人们通过互联网就能了解产品,不是一条非常方便的途径吗?

这是一个全新的想法,对于此,有人怀疑说:"谁会在这上面刊登广告呢?有人阅读吗?"因为在当时,互联网远没有今天普及,上网人数少,而且,一般人都可以制作网页,就是说,在网络上刊登广告效果不会太好。但路易斯没有放弃自己的想法,他知道,自己的杂志经营困难,与其苟延残喘,不如放手一搏,争取广告主支持开销。

很快,路易斯联系到了几家老客户,他们抱着试试看的态度,同意在《连线》杂志的网站刊登广告。10 月 14 日,《连线》热线网站(www. hotwired. com)的主页上刊登了 14 个客户的广告,其中包括 AT&T 公司。这些广告最初形式是一则则横幅式的图档,位于网页的最上方,有兴趣者点击(Click) 后,可以超链接(Hyperlink)到此网站为广告主特制的网页或广告主的网站。

没有想到,这些网络广告推出后,引起网络开发商和服务商极大关注,他们看到了一条网络发展的光明道路,自此之后,网络广告逐渐成为网络上的热点。无论网络媒体,还是广告主,他们均对其充满希望。于是,各网络媒体对经营者纷纷改进经营方向,向多元化发展,意在尽量多地吸引浏览人群及广告客户。网络广告,起到了引导着互联网络发展新方向的重要作用。

路易斯大胆的尝试,开创了网络广告的先河,是互联网广告里程碑式的一个标志。

网络广告,是指运用专业的广告横幅、文本链接、多媒体的方法,在互联网刊登或发布广告,通过网络传递到互联网用户的一种高科技广告运作方式。

　　历经多年的发展，网络广告行业经过数次洗礼已经慢慢走向成熟。目前，网络广告主要包括以下几种形式：网幅广告，文本链接广告，电子邮件广告，赞助广告，与内容相结合的广告，Rich Media，其他新型广告，诸如视频广告、路演广告、巨幅连播广告、翻页广告、祝贺广告等等。

　　网络广告具有以下几个优点：真正的互动媒介；大量的受众；及时反应；高度针对性；购买力强的市场；提供详细的信息。随着互联网的逐步发展，它可能超越路牌，成为传统四大媒体之后的第五大媒体。

　　　我逐渐体会到，没有好客户，就不会有好广告；没有好广告，就也留不住好客户。还有，没有任何一个客户，会买他自己都没兴趣，或是看不懂的广告。

　　　　　　　　　　　　　　　　　　　　　　　　　——李奥·贝纳

景阳冈上酒幌子
——中国古代广告

随着社会对信息传播的需求和商品经济的产生，中国古代广告开始萌芽。 在以自给自足的自然经济为主要经济形式的封建经济条件下，它的发展非常缓慢，这是与当时的经济发展相适应的。

　　《水浒传》是古典四大名著之一，其中有一段家喻户晓的故事——武松打虎。故事是这样写的：武松回乡探亲，路过阳谷县景阳冈时，恰好中午时分，他又饥又渴，看见前面有一个酒店，门前高悬着一面招旗，上头写着五个大字："三碗不过冈"。武松十分高兴，他酷爱喝酒，酒量甚佳，遇到这般酒家，岂肯错过。于是，他便走了进去。

果然,这家店里的酒质量不错,武松十分满意,连说:"好酒,好酒。"可让他意想不到的是,等他三碗酒下肚,酒家老板就不给他上酒了。武松非常奇怪。老板解释说:"客官没看到门前的招旗吗? 我家的酒虽是村酒,却比老酒滋味,到店里喝酒的,喝了三碗便都醉了,过不去前面的景阳冈,所以,大家都称呼我的酒'三碗不过冈',我也干脆以此做招牌。时间久了,凡是来店里喝酒的,喝过三碗,就不再问了。"

听了这番解释,武松笑着说:"我喝了三碗,怎么不醉?"

老板继续解释道:"我的酒,叫'透瓶香',也叫'出门倒',刚喝进去时,浓香纯烈,可过一会就醉倒了。"

然而,武松酒量不同一般人,他不肯听从老板劝告,依旧高喊着要酒。老板无奈,只好接二连三给他上酒。结果,武松一人竟然喝光了 18 碗酒,喝得醉意朦胧。这让老板大惊失色,拦着他不让他去景阳冈。

武松既已喝醉,而且胆量超人,凭借着武艺高超,哪里把老板的劝阻放在眼里。他大步流星赶往景阳冈,令他大吃一惊的是,景阳冈前果真立着官府告示:近因景阳冈大虫伤人,但有过往客商可于巳午未三个时辰结伙成队过冈,请勿自误。

后面的故事大家都知道了。看罢告示,武松并没有被吓回去,而是趁着酒性上了冈,而且连夜打死了老虎,为民除害,从而成为轰动一时的英雄人物。

这个故事里其实提到了两个广告,其一是酒店门前的招旗,俗称酒幌子,其二是景阳冈前的官府告示。在这里,我们可以来了解一下中国古代的广告,看一看我国广告在古代的起源和发展历程。

首先,从目的来看,中国古代广告分为两种性质,一是经济性的,比如,酒店门前的酒幌子;一是非经济性的,比如景阳冈前的官府告示。

非商业广告历史悠久,远早于商业广告。比如在《尚书·尧典》中记载了尧、舜禅让的故事:尧在帝位时,"咨询"四岳,四岳推举虞舜为继承人,就属于非商业广告。

随着商品经济出现和繁荣,广告作为商品交换中必不可少的宣传工具发展起来了。从早期的口头广告,到后来的实物广告、标记广告、悬帜广告、悬物广告等,广告的形式开始多样化。宋朝庆历年间,出现了世界上最早的广告印刷实物,北宋时期济南刘家针铺的广告铜版。

元明清时代,不少政治名人和文化名人开始为商家书写招牌、对联广告,比如"全聚德"、"六必居"等老字号店铺的名称,都来自于名人的创作。到了今天,广告更是种类繁多,发展到了顶峰。

很明显,我们正在喝的只不过是容器,而不是以小麦和马铃薯浆为原料生产出来的酒。……同样的主张对许多产品都是适用的,越是平淡无奇、没有自己特殊个性的产品,那么,设计理念新颖的广告就一定能使它卖得更好。

——[美]詹姆斯·B·特威切尔:《震撼世界的 20 例广告》

一则悬赏通告——西方广告起源

古埃及有专门雇叫卖的人在码头叫喊商船到岸时间的习俗。船主还雇人穿上前后都写有商船到岸时间和船内装载货物名称的背心，让他们在街上来回走动。据弗兰克·普勒斯利（Frank Pressbrey）的说法，人身广告员就是在那时开始的。

公元前1550年，古代埃及奴隶主哈布家里，正在发生着一场激烈的争论，他们家里的一名奴隶谢姆逃跑了，这是十分常见的事情，却也是令人头疼的事情。哈布愁眉苦脸地坐在自己的织布机旁，他的弟弟高声叫嚷着："快派人把他抓回来，这个懒东西，非要好好揍他一顿不可！"哈布却摇摇头说："最近奴隶们不断逃跑，这是怎么啦？"弟弟说："你太手软了，只有狠狠地揍，他们才听话！"哈布显然不同意弟弟的观点，他没说什么，只是默默地坐着。

弟弟沉不住气了，催促道："再不去抓他，他就逃过大河，永远抓不到了。"哈布依然坐着不动，他在考虑抓捕奴隶的方法。最终，他站起来，下定决心说："听说有人悬赏抓拿逃跑的奴隶，我们也不妨试试。"弟弟吃惊地说："奴隶是我们的财物，为什么我们还要悬赏？"哈布说："你不懂，谢姆已经学会了一些织布的技巧，比一般奴隶有用。要是他不肯回来，被其他织布师收留，我们的损失就大了。"

原来，哈布已经在思考商业竞争问题，这促使他设法采取更为积极有效的办法来解决问题。经过再三推敲，哈布设计书写了一张悬赏缉拿逃跑奴隶谢姆的文字,这段文字如下:"奴仆谢姆从织布店主人处逃走,坦诚善良的市民们,请协助按布告所说的将其带回。他身高 5 英尺 2 寸,面红目褐,有告知其下落者,奉送金环一只;将其带回店者,愿奉送金环一副。——能按您的愿望织出最好布料的织布师哈布。"

奴隶主命令手下人把这段文字认真誊抄了好几十遍,并让他们到人流拥挤的地方去散发,希望人们看到文字后,会帮助他找到谢姆,并把他送回来……

这则奴隶主哈布书写在沙草纸上、悬赏缉拿谢姆的文字,经过了 3 000 多年的岁月,不但没有丢失,反而流传了下来。如今,它被保存在英国博物馆中,成为现今发现的最早的文字广告。

借此机会,我们可以了解一下国外广告的起源和发展情况。早在公元前3000—2000 年,古代巴比伦已经有了楔形文字,当时,人们用苇子、骨头、木棍等坚物在潮湿的黏土版上刻字,并把这些黏土版晒干,制成瓦片保存起来。这些保留下来的瓦片上的文字反映了当时人们的生活情况。从那时起,文字广告就已经产生了。

在当时的埃及,除去文字广告外,还出现了专门雇叫卖的人在码头叫喊商船到岸时间的广告活动。另外,船主们还雇人穿上前后都写有商船到岸时间和船内装载货物名称的背心,让他们在街上来回走动。据说,人身广告员就是在那时开始的。

做得不好的广告往往就是那些创意与形式过于复杂的广告,广告就是要简洁明了。就像过去常说的那样,你如果把五个网球同时扔给别人,他们可能一个都接不住。但是如果你只扔给他们一个球,他们就能接住了。

——洛集团的创始人及主席弗兰克·洛(Frank Lowe)

出版商的广告
——近现代广告史

印刷术的改进和应用，促使原始古代的口头、招牌、文字广告传播向印刷广告转化，从而产生了报纸、杂志等新的广告形式。

威廉·坎克斯顿是英国的一个出版商,他接触这个行业的时间还不久,但他希望自己印刷的书籍能够大量出售,以获得更大的利润,使自己在印刷行业占有一席之地。

要知道,这已是 15 世纪 70 年代,自从中国的印刷术传入西方,并于 1445 年经过德国人古登堡改进,创造了铅活字印刷以来,印刷业正在悄悄改变着传统的文化传播,影响着越来越多的人。威廉·坎克斯顿敏感地意识到,一场关于印刷的革命已经拉开了帷幕,自己怎么样才能在印刷业中崭露头角呢?

以往,书籍都是手抄在皮革上的,只有少数统治阶级才有读书写字的权利和机会,可是现在不同了,纸张代替了皮革,印刷代替了手抄,这一切决定将有更多的人有机会读书写字了。想到这里,威

廉·坎克斯顿不由地看看自己刚刚印刷完毕的一批宗教书籍,这批书籍数量可谓惊人,要是从前,不知道要卖上多久呢。当他决定印刷这批书籍时,曾经受到许多人好心的提醒:"印这么多书,什么时候才能卖完? 你不要冒险!"

可是,威廉·坎克斯顿固执己见,开足马力印刷书籍。1472 年,当印完最后一本书时,他长长地出了一口气:"只要卖完这些书,我就发财了。"

事情并没有想象的顺利,书籍销售不畅,很多人根本不知道坎克斯顿印刷了一批价格便宜的书籍,还有些人不认可这些书籍。威廉·坎克斯顿陷入恐慌之中,他苦思冥想,最终想出了一个办法:他印制了一份推销书籍的广告,命人张贴在伦敦街头。

几天后,伦敦的大街小巷出现了这样一副场景,很多人围在街头观看广告,广告上面写着:倘任何人,不论教内或教外人士,愿意取得使用于桑斯伯来大教堂的仪式书籍,而其所用字体又与本广告所使用者相同,请移驾至西斯敏特附近购买,价格低廉,出售处有盾形标记,自上至下有一条红色纵贯为标识。

这条广告吸引了人们的注意,大家议论纷纷:"这是干什么? 推销书籍吗?""不知道,咱们去西斯敏特看看吧。"于是,人们成群结队赶往西斯敏特,到那里看看究竟发生了什么,看看这种出现在广告中的书籍是什么模样。这样一来,威廉·坎克斯顿的书籍大量出售,他的策划一举成功。

威廉·坎克斯顿印制的广告,被一致认为是最早的印刷广告,从而开创了近现代广告的先河。此后,人类的广告活动由原始古代的口头、招牌、文字广告传播进入到了印刷广告的时代。

16 世纪以后,欧洲资本主义得到快速发展,由此极大推动了经济和文化进展,出现了报刊这一媒体形式。于是,报刊广告应运而生。1625 年英国的《信使报》刊载了一则图书出版广告,1650年英国《新闻周报》在"国会诉讼程序"里登载了一则"寻马悬赏启事",这两则广告无疑是世界上最早的报纸广告。

1666年,《伦敦报》正式开辟了广告专栏,此后,各报纸竞相效仿,报纸广告从此占据了报纸的一席之地,并成为报纸的重要经济来源。随着报纸广告影响逐渐扩大,除了商人做广告外,普通百姓也开始利用这一形式,他们在报纸上刊登寻找工作或者雇佣奴仆的广告等等。

随着报纸广告的兴起,杂志也不甘落后,开始了广告的刊登,从此,广告的形式更多样,铺设的范围更广泛,开始了它新的发展历程。

可口可乐的广告要点建立在四个支柱上:永远在哪儿(随时随地做出反应);永远新颖(向每一代人重新阐述);永远真实(反映家庭、朋友和乐趣的真实);永远是你(与每位消费者相关)。

——加拿大可口可乐公司前总裁托克·伊姆斯

广告教皇——广告学的发展

广告学作为一个学科出现，是广告活动跟人们现实生活发生紧密联系的结果，也与广告运作规模化、规范化，并日益呈现出一定的规律性不无关系。

戴维·奥格威是举世公认的广告大师,他提出品牌形象论,创办奥美广告公司,有力地促进了广告学的进展,被人称为"广告教皇"。

1948年,戴维·奥格威成立奥美公司,开业之初,公司只有两人,没有任何业务。在经过一番思索和自我鼓励后,戴维开始走出去联系客户。在他的自传中,他这样回忆到:我考虑,我缺少与有实力的广告公司抢生意的资本。我定的第一个目标是韦奇伍德瓷器公司(Wedgwood China),这家公司每年的广告费是4万美元。韦奇伍德先生和他管广告宣传的女经理十分有礼貌地接待了我。

"我们不喜欢广告公司",她说,"广告公司尽是瞎胡闹,所以我们的广告我们自己处理。您觉得有什么地方不合适吗?"

"恰好相反,"我说,"我很欣赏这种做法。不过,如果您让我替你们去买版面,杂志就会付我佣金。这无需您多花分文,我也保证再不来打搅您。"

亨斯莱·韦奇伍德是位仁慈的人,第二天早晨他写了一封指定我为广告代理的正式信,我用电报答复了他:"不胜感激,当尽力效劳。"

就这样,戴维·奥格威开始了自己的创业之路,并且接连取得成功。有一次,哈特威衬衣请他策划全国性广告活动,当时,最知名的品牌是箭牌衬衫,扬·罗必凯为它创造了被称之为经典的广告,风头正劲,怎么样以年预算 3 万美元的广告打败预算 200 万美元的箭牌衬衫呢?

戴维·奥格威选用了一个强有力的创意:一个戴黑眼罩的黑人身穿哈特威衬衫。蒙着一只眼的英俊男士独自出现在背景中,神秘而浪漫,从此,哈特威衬衫迅速建立起了自己的品牌形象,成为了高档衬衫的代表。而这一切的创意,仅仅是来自于在去摄影棚的路上,戴维·奥格威花几美元买的一个眼罩。事后,戴维·奥格威事后说:"迄今为止,以这样快的速度,

这样低的广告预算建立起一个全国性的品牌,这还是绝无仅有的一例。"

建立品牌,成为他追求的目标。20 世纪 60 年代中期,他提出了品牌形象论,成为广告学发展史的一件大事。在此策略理论影响下,他和他的公司也做出了大量优秀的、成功的广告,从而确定了自己和公司在广告界的地位。

戴维·奥格威提出的品牌形象论影响了很多人,是广告学中不可忽视的一个重要理论。从这个理论出发,我们可以进一步探讨广告学发展史以及其中出现的其他理论。

广告学作为一个学科出现,是广告活动跟人们现实生活发生紧密联系的结果,也与广告运作规模化、规范化,并日益呈现出一定的规律性不无关系。

二战以后,随着西方资本主义经济的发展,广告业得到快速发展。市场营销学和传播学被引入广告实践活动,成为广告学学科体系中新的两大理论体系。20 世纪 50 年代到 70 年代,先后出现了罗素·瑞夫斯的独特销售主张;戴维·奥格威的品牌形象论;艾·里斯和杰·屈特的定位理论,他们被称为广告界三位代表人物。1970—1980 年代,广告业跨地区、跨国度运作力度加大,广告理论也得到进一步发展。1980—1990 年代,整合营销传播在广告界掀起波澜;随后,网络广告以超过人们想象的速度迅速增长,为广告研究提供了新的课题,使广告学学科体系增加了新的要素。

你不可能让顾客因为被你说得不耐烦而买你的产品,你只能引起他们的兴趣,吸引他们购买。

——戴维·奥格威

领养树木——广告与公共关系

广告学是一门综合性边缘交叉学科。它的形成与发展受到各种相关学科的影响，在其形成过程中大量吸收各种相关学科的知识。

100多年前,法国人在上海淮海路两边种植了一种梧桐树,被当时的人称为"法国梧桐树"。历经百年沧桑,这些树枝繁叶茂,生长良好,形成了一道非常壮观的绿色隧道,颇为引人注目。然而,随着最近这些年的商业开发,淮海路变成了商业街,两边的树木遭到了不同程度的破坏。林管部门有心整治,却缺少资金,只好望洋兴叹,一时间,关于淮海路法国梧桐树的命运成为上海人关注的焦点。

有家目光敏锐的公司看到这种情况,觉得是个宣传产品的好机会,于是,立即组织人员分析策划,准备借机搞一次有意义的广告活动。这家公司就是奥丽斯公司。可是,怎么样将法桐与公司结合到一起呢?

经过一连串研究探讨,他们想到了一个好主意——领养淮海路两边的法国梧桐树。这是一个社会公益活动,当然得到政府和人们支持。1996年3月12

日,奥丽斯公司董事长与上海市徐汇、卢湾两个区正式签约,从 1996 年起,奥丽斯公司每年拨出一定资金,协助管理淮海路两边的法国梧桐。签约仪式上,奥丽斯公司也及时发出呼吁:"愿爱美的人爱绿化。"这句口号一方面抓住人们的环保意识,一方面也宣传了自己公司——奥丽斯是日化公司,以生产化妆品为主,服务对象自然是爱美的人。

结果,奥丽斯公司这次领养城市绿树的活动大获成功,得到上海市乃至国内外一致赞誉,人们都在歌颂他们的宗旨:"崇尚仁爱,回报社会",认为他们为政府解难去忧,去掉了百姓心头的一块病。由此,公司形象大大提高,产品销售也出现前所未有的大好局面。

面对称赞,奥丽斯公司并没有忘记自己的初衷,他们不仅借活动出名,还在未来的 10 年当中"借树"扬名。不久,在淮海路的法桐上,人们看到了奥丽斯公司宣传环保的各种牌子。这进一步强化了人们对于奥丽斯的美好印象,从而使得奥丽斯在这次公益活动成为一次高明的公关活动,成为一次成功的广告活动。

实际上,广告和公益活动之间有着密不可分的关系。而很多企业也都非常注重这一点,他们透过公益活动,赞助慈善事业等来宣传公司和产品。那么,在广告传播过程中,广告学还与哪些学科有关?通过公共关系进行广告活动,又有哪些注意事项?

广告学是一门综合性交叉学科,在其形成和发展过程中受到许多学科影响,比如社会学、经济学、市场学、心理学、传播学、公共关系学等,都给广告学注入了很多新鲜血液,促使它科学地成长发展。同时,广告学与这些学科相互渗透,相互影响、包容,彼此之间建立了密切的关系。

但是,透过公共关系进行广告活动时,需要注意两点:

一、公共关系广告实际上是一种"双重广告",它既向公众传递产品和劳务的信息,又向公众传递企业的其他有关信息。所以,透过公共关系进行广告时,表达方式应该委婉、间接,注重市场效应,以防引起公众反感。

二、应该把握好广告时机。如何与社会公益事业结合,是公共关系广告的核心。只有把握时机,结合巧妙,才能不露痕迹地告诉公众:该企业是可以信任和合作的。反之,时机不到,把握不准,则会适得其反。

> 正如乔叟、弥尔顿、莎士比亚、华兹华斯永远改变了我们对作品中语言的看法一样,克劳德·霍普金斯、戴维·奥格威、罗瑟·里夫斯改变了现代广告的面貌。他们之后,再无人能达到这种巅峰。他们在改变广告形式的同时,也改变了我们观察、谈论事物的方式,改变了这个千篇一律、没有新意的世界。
>
> ——詹姆斯·B·特威切尔:《震撼世界的20个广告》

诱人的法国红葡萄酒
——广告艺术

广告艺术是现代艺术中分离出来的一种独特形式，广告艺术几乎涉及现代所有艺术领域，是现代艺术丛林中灿烂的一枝，有它自身的特点和发展规律。

法国有一家红葡萄酒公司，生产研制了一个新品牌——CAHORS 红葡萄酒。这款红葡萄酒品位高，质量上乘，应该很受欢迎。但是，产品问世以后，却没有突出的销售业绩。公司经理决定委托广告公司为其设计广告，进行宣传。

广告公司进行了详细的调查，发现红葡萄酒在人们心目中地位独特，富有象征意义。根据这一点，他们认为应该为 CAHORS 红葡萄酒设计一个富有艺术性的广告，这样才能突出红葡萄酒的地位和品位。

很快，一副极具感染力的艺术画面创作完成了。画面很简单，一个普通的高脚杯里面装了半杯红葡萄酒，而酒杯的外沿上流出一滴酒，另外配上一张漂亮而又可爱的脸蛋。而贴近着那滴酒的，是从那张脸蛋里伸出来的和葡萄酒颜色相近的红舌头，好像将要舔掉它，面部夹着神奇的表情，使人未喝先醉。

在各媒体播出以后，这副广告宣传画得到了一致好评，从此，CAHORS 红葡萄酒迅速引起广大消费者的关注，成为了红葡萄酒的代表产品之一。而为其制作设计的广告宣传画也以突出的艺术性享誉广告界，成为艺术广告的代表之作。在这里，广告设计者透过流露在高脚杯的上沿外的一滴酒，加上那张陶醉的漂亮神情的脸蛋，表现出红葡萄酒的魅力，使人在一瞬间产生品尝的欲望。

而且,抓住一滴都不舍得浪费来反映红葡萄酒的珍贵。另外,画面中各种色彩的运用,形成强烈对比,集中突出主题,使整个广告形象生动、意味深长,给人以美好的享受。可以说,以极其简洁却富有内涵的广告内容深深打动了消费者。

从 CAHORS 红葡萄酒的艺术广告获得的成功,可见艺术在广告中的作用。所谓广告艺术是指为商品销售目的而进行的表现艺术,是一种有明确目的,在很多限制条件下的创造性的实用艺术形式。

广告艺术几乎涉及到现代所有艺术领域,它的表现形式包括绘画、摄影、语言与文学、音乐与表演、雕塑与建筑等等。但广告艺术并不同于单纯的艺术,它的最终目的是为了推动销售并获得利润,而不是彻底意识形态上的创造活动,它并不是从创作者本身的心理感受出发,而应该以广告目标对象的心理特征出发,同时,创造前的资料收集和整理对广告艺术来说是必须的工作,而纯粹的艺术创作则无此要求。

达格玛法:1961 年瑞瑟·科利在为美国全国广告主协会所作研究并出版的《制定广告目标以测定广告效果》(Defining Advertising Goods for Measure Advertising Results 简称 DAGMAR)一书的简称。在达格玛法中,预先要制定明确的广告运动目标。以知名(awareness)、品牌试用(brand trial)或其他效果的目标为基础,确定达成这些目标所需的广告费用。

第二章

广告学原理

广告或许只有一个基本规律。数不尽的广告公司,成千上万的制造商和众多的破产者都会站出来证明其真实性。这一规律就是:如果产品不能满足消费者现有的某些欲望或需求,那么其广告终将失败。

只溶在口，不溶在手
——USP 理论

USP，是 Unique Selling Proposition 的简写，直译为独特的销售主张，是美国广告大师罗瑟·里夫斯对"科学派"广告理论的继承和发展，它成为 20 世纪 50 年代最主要的广告理论方法，使整个 50 年代成为 USP 至上时代。

1954 年的一天，M & Ms 糖果公司的总经理约翰·麦克纳马拉（John Macnamara）步出家门，沉思着向罗瑟·里夫斯的办公室走去。罗瑟·里夫斯是著名的广告大师，由他提出的 USP 理论（独特销售主张），在广告界倍受推崇。许多公司根据此理论，曾经设计制造了很多优秀广告。而眼下，M&Ms 糖果公司遇到了麻烦，他们的广告影响力太小，巧克力销量持续低迷。这让约翰·麦克纳马拉忧心忡忡，他现在就是去见罗瑟·里夫斯，希望他为自己的产品做一个广告，可以为他带来更多消费者。

两位经理见面了，罗瑟·里夫斯十分认真地听取了约翰·麦克纳马拉的想法，问道："那么，你们公司的巧克力有什么与众不同之处吗?"

约翰·麦克纳马拉想了想回答："对，我们的巧克力和普通糖果一样，也是由糖衣包裹的。"

罗瑟眼前一亮，继续问："就是说，其他公司的巧克力没有糖衣包裹?"

"是，"约翰·麦克纳马拉说，"我们公司生产多种糖果，所以巧克力也有糖衣包裹，这是老习惯了。"

"太好了，"罗瑟十分激动，"我想，我已经找到了您想要的广告创意。"

约翰·麦克纳马拉惊奇地看一眼手表，不无怀疑地问："真的？我们交谈了不过 10 分钟。"

罗瑟笑了，他说："当然，咱们交谈虽然不长，但是已经说明了产品和广告的特点和想法，这就足够了。"

接着，他开始向约翰·麦克纳马拉讲述自己对产品的想法和创意，原来，他提出的 USP 概念，就是一定要在广告中宣称只有自己的产品才独有的东西。根据此理论，他从 M & Ms 巧克力独一无二的糖衣包装中一下子找到了创意之点。约翰有些疑虑地说："糖衣包装我们都清楚，可是其中真的蕴藏着那么巨大的广告价值吗？"

罗瑟说："您放心，凭借这一点，我们完全可以为您策划成功的广告宣传。"

果然，罗瑟很快就想到了一个非常有表现力和说服力的口号，将 M & Ms 公司的巧克力的特色体现在其中。这个口号就是："只溶在口，不溶在手。"它说明了麦氏巧克力的特色，因为有糖衣包裹，它不会像其他巧克力一样，即便长期握在手心，也不会很快溶化掉。为了表现这句口号，罗瑟特意让两只手同时出现，让观众猜哪只手里有 M & Ms 巧克力，然后张开手心让观众看，"不是这只脏手，而是这只手。因为，M & Ms 巧克力——'只溶在口，不溶在手'。"

就是这样，罗瑟将独特销售主张的重点放在产品上，展示给观众，引起他们的兴趣，一下子提高了产品的知名度，扩大了它的影响，当然也促进了销售。

罗瑟·里夫斯不仅提出 USP 理论，而且成功地为多家公司设计过此类广告，诸如总督牌香烟"只有总督牌香烟在每个过滤嘴中有 2 万个滤瓣"，弗莱斯曼牌人造黄油广告中不断提到"玉米油制造的黄油"等，都是他的经典之作。那么，USP 理论到底有哪些特点？又有何功能呢？

USP 具有三个非常明显的特点：1. 每一个广告都应该有明确的利益承诺；2. 广告必须说明产品与同类竞争产品的不同之处；3. 广告必须促进销售。

罗瑟·里夫斯进一步强调，USP 理论的实质可以理解为：广告是针对消费者提出的独特的销售主张，这个主张是竞争对手从没有也不可能提出的，主张应该具有推销力和号召力，能够影响大众。另外，主张的独特性还可以表现在商品的个性上，或者品牌的个性以及相关请求上。

罗瑟·里夫斯(1910—1984)

美国广告大师，世界十大广告公司之一——达比思广告公司——董事长。他提出 USP 理论，对"科学派"广告理论起到继承和发展作用，他为 M & Ms 巧克力所写的"只溶在口，不溶在手"的广告词广为流传。

沙发床——广告定位

所谓的广告定位是指广告主通过广告活动，使企业或品牌在消费者心目中确定位置的一种方法。

伊藤光雄在日本享有"最能干的推销员"美誉，有一次，他被派往爱知县去推销法国床。接到任务后，他即刻启程赶往爱知县，准备调查当地居民消费情况。经过一番深入调查，他发现这个城市的居民相当富裕，而且很多家庭缺少家具，完全有购买法国床的能力，潜在市场也很巨大。

然而，在推销过程中，伊藤光雄却遇到了麻烦：在日本，绝大多数人按传统习惯睡"塌塌米"，他们对法国床一点也不了解，只想购置沙发。了解到此情况，伊藤光雄认识到，要想直接推销法国床，肯定会碰壁，人们不会接受它。既然他们想买沙发，何不把沙发和床联系到一起，以沙发床的名义推销呢？

想到做到，伊藤光雄立刻制作了关于沙发床的广告，进行宣传推销。这则广告内容如下："这种家具，白天可以用来做接待客人的沙发，客人会感到它既美观又大方；到了晚上，它又可当床，先生太太都能睡得很舒服。再也没有像这样一举两得的事了。"

果然，广告一打出，立即吸引了当地居民，他们对这种两用产品十分好奇，有了尝试的愿望。很快,沙发床推销一空。伊藤光雄趁机而上,进一步为当地居民引进了双人床、双层床、铁床……各种新式洋床逐渐进入爱知县,改变了以往人们对于洋床的看法,也促使了当地人们生活的改观。

这是一个透过为产品重新定位进行广告宣传的典型案例。在广告学中,定位理论十分重要。所谓的广告定位是指广告主透过广告活动,使企业或品牌在消费者心目中确定位置的一种方法。

定位理论的创始人艾·里斯和杰·特劳特指出:"定位是一种观念,它改变了广告的本质。"正确的广告定位主要有以下几方面的作用:有利于进一步巩固产品和企业形象;是说服消费者的关键;准确的广告定位有利于商品识别;准确的广告定位是广告表现和广告评价的基础;准确地进行广告定位有助于企业经营管理科学化。

定位可以在广告宣传中,为企业和产品创造、培养一定的特色,树立独特的市场形象,从而满足目标消费者的某种需要和偏爱,为促进企业产品销售服务。

　　定位从产品开始,可以是一种商品、一项服务、一家公司、一个机构,甚至于是一个人,也许可能是你自己。但定位并不是要你对产品做什么事。定位是你对未来的潜在顾客心智所下的功夫,也就是把产品定位在你未来潜在顾客的心中。所以,你如果把这个观念叫作"产品定位"是不对的。你对产品本身,实际上并没有做什么重要的事情。

　　　　　　　　　　　　——定位理论的创始人艾·里斯和杰·特劳特

突然长大的婴儿洗发水
——市场定位

市场定位就是指把市场细分的策略运用于广告活动，将产品定位在最有利的市场位置上，并把它作为广告宣传的主题和创意。

美国强生公司以生产婴儿洗发剂闻名于世。之所以选择婴儿的消费群，与当初产品特性有关。一开始，强生开发生产的洗发剂，质量独特，不含碱质，因此洗发时有一特殊优点，那就是不会刺激眼睛。针对此，公司将产品定位在"婴儿"市场，可谓独树一帜，在与众多商家竞争过程中，取得辉煌战绩，由此人们也把强生公司当作"婴儿"洗发剂的象征。

可是后来，却发生了一件怪事，强生公司一反常态，推出的广告大力强调为母亲和青少年服务，一时间引起美国人们强烈好奇，人们议论纷纷，有的说："怎么回事？强生的广告是不是打错了？"有的说："噢，强生不再为婴儿服务啦。"不少困惑的顾客打电话咨询，希望得到公司的解释。一家报纸更是以"突然长大的婴儿洗发剂"为题报告此事。

面对诸多困惑和不解，强生公司十分坦然地道出了自己的心声："眼下，美国婴儿出生率

下降,婴儿用品市场缩小,所以,我们在广告宣传中,改变了以前的提法,就是希望扩大产品适用范围。"

人们恍然大悟,强生的婴儿洗发剂独具特色,这一点虽然适用婴儿,但同样适用其他人,为什么不将这种优良质量扩大,为更多的人服务呢?

广告宣传一举成功,强生的婴儿洗发剂顺利"长大",销量持续增长。

强生公司为婴儿洗发剂重新定位,从而保证了产品市场顺利扩展。这种定位策略就是市场定位。市场定位由美国学者阿尔·赖斯在 20 世纪 70 年代提出,最初是一个重要的营销学概念,随着广告学发展,被引用到广告学中。

简单地说,市场定位就是指把市场细分的策略运用于广告活动,将产品定位在最有利的市场位置上,并把它作为广告宣传的主题和创意。它在广告实体定位策略中处于首位。所谓实体定位,指的是从产品的功效、质量、市场、价格等方面,突出该产品在广告宣传中的新价值,强调本品牌与同类产品的不同之处以及能够给消费者带来的更大利益。这种定位策略强调突出产品和企业之间的差异,应用非常广泛,效果也比较明显。

广告所进入的是一个策略为王的时代。在定位时代,去发明或发现了不起的事情也许并不够,甚至还不重要。你一定要把进入潜在顾客的心智,作首要之图。

——美国营销专家、定位理论的最早提出者艾·里斯和杰·特劳特,1981 年

狐假虎威——对抗竞争定位

对抗竞争定位，顾名思义，就是企业不服输，与强者对着干，以此显示自己的实力、地位和决心，并力争取得与强者一样的甚至超过强者的市场占有率和知名度。

约翰逊黑人化妆品公司是一家只有 500 美元资产、3 名员工的名不见经传的小公司。但是，约翰逊公司不想坐以待毙，他们决定想办法变换这种不利的局面。

当时化妆品市场流行这样一种观念，人们在购买化妆品时，往往是冲着某种产品的良好声誉去买的。这种情形，自然对约翰逊更加不利。

但是，约翰逊公司就是从这种情形中发现了解决问题的办法，他们生产了一种叫"粉质化妆膏"的产品后，开始了实施计划：他们要借当时化妆品行业的泰斗佛雷公司的名声一用。

于是，化妆品市场上出现了这样的广告：当你用过佛雷公司的产品化妆之后，再擦上一层约翰逊的粉质化妆膏，将会收到意想不到的效果。这则广告播出后，立即引起轰动，爱美人士议论纷纷："约翰逊是一家什么公司？""啊，它肯定是一家非常优秀的公司，要不怎么能和佛雷齐名。"就这样，在佛雷的"帮助"下，约翰逊一夜成名，产品销量大增。紧接着，约翰逊公司生产出一连串新产品，并强化广告宣传，只用了短短几年的工夫，便将佛雷公司的部分产品挤出了化妆品市场。从此，美国黑人化妆品市场成了约翰逊公司的天下。

与约翰逊一样取得成功的还有很多公司。这家公司的老板高原庆原是一家特殊纸制品公司的职员。1974 年，他发现妇女专用的卫生纸需要量很大，决定从事这一有前途的行业。他首先进行了调查，发现在当时的日本市场和国际市场上，"安妮"是最著名的品牌。"安妮的日子"已经成为妇女月经来潮的代名词。高原野心勃勃，决定直接针对"安妮"而去，打破它的垄断地位。

于是，高原开始了认真的试验，在研制成功了比安妮质量更高的产品后，他开始着手广告宣传工作。这时，他意识到一个问题，自己的资金微薄，不可能像实力雄厚、并已成为名牌的"安妮"那样，不惜成本大做广告。怎么样能够快速推出自己的产品呢？聪明的他想到了一个好主意，决定让安妮为自己的产品做衬托，为自己开路。

这个办法实施起来不算困难，高原带着自己的产品，亲自到各家销售"安妮"的商店去，说服店主将自己的产品和"安妮"并排放在一起。很快，日本很多商店都出现了高原的产品，而且无一例外与"安妮"摆在一起，这无疑向人们宣告：一件与"安妮"齐名的新产品问世了。

结果，高原的产品依靠"安妮"，成功地赢得了消费者认可。随后，高原又不断改进产品，最终取代"安妮"成为了日本最具影响的名牌卫生用品。

上述两个企业在成长过程中，采取的以大企业为依靠，衬托发展自我的策略广告，是一种对抗竞争定位。

对抗竞争定位是定位理论的一个分支,在实践当中,曾经为很多企业采用。其中,最有名可算是美国的百事可乐,它同位居首位的可口可乐展开竞争,在竞争过程中,它逐渐发展成为仅处于其后的第二大可乐型饮料。

同其他定位策略一样,对抗竞争定位也可以在广告宣传中为企业和产品创造、培养一定的特色,树立独特的市场形象,从而满足目标消费者的某种需要和偏爱,为促进企业产品销售服务。

广告或许只有一个基本规律。数不尽的广告公司,成千上万的制造商和众多的破产者都会站出来证明其真实性。这一规律就是:如果产品不能满足消费者现有的某些欲望或需求,那么其广告终将失败。

——著名广告人、USP 理论的提出者罗瑟·里夫斯

非可乐——反类别广告

反类别定位又称为"是非定位"。它是指当本产品在自己应属的某一类别中难以打开市场，利用广告宣传使产品概念"跳出"这一类别，藉以在竞争中占有新的位置。

1929 年,格里格发明了一种新饮料,这种饮料含有锂元素,还有特别的柠檬口味,因此将销售对象定位为有婴儿的母亲,并取名"围裙牌氧化锂柠檬酸"。他们在广告中宣称"最适合小宝宝肠胃"。可是,新产品上市两周后,遇上股市大崩溃,销售情况十分不妙,只得勉强维持。经济大萧条后,产品易名"七喜",继续艰难经营。

1959 年,美国进行了一次软饮料调查,此时,很多人根本不知道"七喜",由此来看,历经 30 年发展,"七喜"并没有成功。这时,七喜公司决定为产品重新定位,扩大它的影响力和销售量。

然而,此时的美国已有"可口可乐"、"百事可乐"两大饮料品牌,成功占领软饮料市场的大部分份额,小小的"七喜"有什么资本和他们竞争呢? 面对此难题,七喜没有退缩,反而看到了其中巨大的市场:在美国,尽管可口可乐和百事可乐占去软饮料市场 70% 的份额,可是剩余 30% 的份额却被各种杂牌产品占领,如果七喜能够占领这 30% 的份额,其销量也是相当可观的。考虑到此,七喜在 1968 年 2 月,提出了"非可乐"营销概念。他们在广告中如此介绍七喜:"清新,干净,爽快,不会太甜腻,不会留下怪味道。可乐有的,它全有,而且还比可乐多一些。七喜……非可乐。独一无二的非可乐。"

这些广告推出以后,立即产生巨大回响。当时,不管是政治、休闲或社会问题,都在大做"我们"对抗"他们"的文章。"他们"指的是年老、保守、落伍的人士,比如"披头士"经常在歌曲中嘲笑的对象。相反地,"我们"则是时髦、新潮的年轻人,也就是每个星期天在纽约中央公园聚会狂欢的一群。"七喜"正是借助于此,在非可乐的广告主题中,把可乐定位成是"他们",而把自己定位成是"我们",这是第一个才采用这种反权威立场的商业性产品。

结果,七喜一下子提高了知名度,具有反叛意味的定位使得它打动年轻人的心,获得认同感。于是,七喜销路大增,在一年内销量增加14%,到1973年增加了50%。这是七喜公司创立以来,知名度首次提高到足以出售附属产品的程度。

之后,七喜饮料公司了解到美国人日益关心咖啡因的摄取量,有66%的成人希望能减少或消除饮料中的咖啡因,而七喜汽水正好不含咖啡因。于是七喜饮料公司又在1980年发起"无咖啡因"战役,它在广告中说:"你不愿你的孩子喝咖啡,那么为什么还要给孩子喝与咖啡含有等量咖啡因的可乐呢?给他非可乐,不含咖啡因的饮料——七喜!"这一下击中了两大可乐的要害,产生了强大的冲击波,导致七喜饮料销售量大增,成为仅次于可口可乐、百事可乐两大巨人之后的第三大饮料。

七喜两次成功定位策略使公司一举成名,成为广告战略史上具有戏剧性的、了不起的事件。它的定位策略是典型的反类别定位,属于实体定位的一类。

反类别定位具有极强的宣传效果,在广告实战中非常受欢迎。比如,美国有一家生产 Polaroid 照相机的公司,要向世界生产照相机最优秀的日本推销,由于日本已有佳能、美能达等各种非常优秀的照相机存在,很难打入,因此 Polaroid 公司就采取了反类别定位策略,他们在广告宣传中声称把一种"只要 10 秒钟就可洗出照片来的喜悦"提供给日本人,使日本人觉得这是一种人生的享受和乐趣,而非照相机产品。这样,他们借此成功打入了日本市场。

斯坦利·雷索(Stanley Resor,1879—1964)

耶鲁大学毕业,毕业后在辛辛那提开设一家小广告公司。后来开设了智威汤逊辛辛那提分公司。1916 年,迁到纽约后的雷索和他的合伙人以 50 万美元买下了智威汤逊公司,重新赋予公司活力。雷索是第一位有大学背景的广告经理,他在智威汤逊公司率先变革,将心理学、社会学等学科的知识引入广告界,并推动了广告向市场营销领域的发展。

我们是第二——逆向定位

所谓逆向定位，就是使用有较高知名度的竞争对手的声誉来引起消费者对自己的关注、同情和支持，以达到在市场竞争中占有一席之地的广告定位策略。

埃尔维斯(Avis)出租车公司从 1952 年成立至 1962 年一直亏损，到 1962 年底亏损已达 125 万美元。当时的出租车行业每年有 2.5 亿美元的市场，其中赫兹出租车公司占有绝对性优势，其营业额为 6 400 万美元，而埃尔维斯只有 1 800 万美元。看起来，埃尔维斯公司生存艰难，要想突破目前状况，有所盈利，真是件极其困难的事。公司孤注一掷，决定邀请纽约最受好评的 DDB 广告公司为其设计广告，以做最后的拼搏。

接到邀请，DDB 广告公司立即展开周密调查，经过反复研究，广告大师伯恩巴克力排众议，大胆地提出了一项广告创意策略——"We Are No. 2（我们是第二）"。这就是后来著名的"老二主义定位"，也叫逆向定位。在这次广告文案写作中，伯恩巴克坚持一点，始终贯穿着"老二"的口气，避免直接与排在第一的赫兹公司作比较。

广告的标题就是：在汽车出租行业中埃尔维斯只是老二。

副标题为：原来如此，为何仍乘坐我们的汽车？因为我们更为卖力！

最后，正文写道："我们只是无法忍受肮脏的烟灰碟，或是半空的油箱，或是用旧了的拭雨刷，或是未加洗刷的轿车，或是充气不足的轮胎，或是无调整座位的调整器、加热的加热器、除霜的除霜器,还有不重要的任何事物。

　　显然,我们在全力以赴地求取完美。让你出发时有一辆活泼、马力充足的福特新车以及愉快的微笑。嗯,让你知道在什么地方能买一个又好又热的五香牛肉三明治。为什么?

　　因为我们无法让你白白地照顾我们,下一次请乘我们的车,我们柜台前排的队比较短。"

　　广告一经推出,立即引起了广大消费者的关注,并产生了相当强烈的效果。人们议论纷纷:"噢,原来埃尔维斯是出租车业的老二。""是啊,以往我们只知道赫兹,却不知道埃尔维斯,看来,埃尔维斯也不错。"就这样,埃尔维斯从濒临倒闭一下子"跃居"第二,名声大振。

　　接着,伯恩巴克又帮助埃尔维斯公司推出一连串广告,其中,他们一再突出埃尔维斯公司的第二位这一主题,同时又详细说明自己虽然位居第二但并不甘于落后的经营宗旨。在另一个广告中,广告的正文是这样写的:"我们在出租车业,面对世界强者只能做个老二。最重要的是,我们必须学会如何生存。我们知道在这个世界里做老大和老二有什么基本不同。做老二的态度是:做好事情,找寻新方法,比别人更努力。埃尔维斯公司的顾客租到的车子都是干净、崭新的;雨刷完好、油箱加满;而且埃尔维斯公司各处的服务小组个个笑容可掬。"

就这样,埃尔维斯公司扭亏为盈,结束了长达 13 年的亏损状况。第一年赢利 120 万元,第二年 260 万元,第三年 500 万元。埃尔维斯出租车公司从弱势品牌翻身,并获得高额的利润。

埃尔维斯公司的成功告诉我们,逆向定位在广告宣传中具有十分独特的地位。逆向定位的独特之处在于,它参照竞争对手来定位,这与以突出产品的优异之处的正向定位相比,可谓反其道而行之。

在参照对手时,有两点需要注意:一是竞争者应该有一个稳固的、长期的良好形象,这样才能够借助其来宣传自己的形象;二是强调自身更优秀的地方一定要突出和竞争者的对比性,这样才能达到逆向定位的效果。

我认为这张照片(指上帝之吻)充分表达了关切、真诚与和平等感情。

——德国阿尔泽(Akey)的修女芭芭拉(Barbara)在写给贝纳通公司的信中说道

创造口臭——功效定位

功效定位，指从产品的功能这一角度，在广告中突出广告产品的特异功效，使该品牌产品与同类产品有明显的区别，以增强竞争力。

1895 年，李施德林的产品投入市场，当时主要用于医学领域，比如，用于小型手术中的棉纱绷带消毒、用于各种清洁操作、用来杀灭口腔细菌，这些作用决定它的应用面比较狭窄，最多用来治疗牙科疾病。

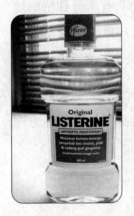

作为医药用品，李施德林不能普及使用，因此销量也不高。于是，吉拉德·蓝伯特（Gerard Lambert）主张寻求新的管道扩展李施德林的产品用途，并希望将李施德林打进商业市场。对于这个大胆的想法，很多人并不理解，甚至就连他请来的广告公司人员对此也兴趣不大。

但是，吉拉德·蓝伯特认定了道路就不肯罢休，他找来了乔顿·西格鲁威和另一位广告文案撰稿人弥尔顿·福斯尔，三人共同商议广告工作。

在商议研究过程中，他们发现口腔是细菌的温床这一点早已众所周知，但很少有人注意到呼吸异味其实就是疾病的征兆。那么，是不是可以把呼吸作为广告创意的出发点呢？大家商量来商量去，一时拿不定注意。最后，吉拉德·蓝伯特说："还是先请药剂师来讲讲产品和它的用途，也许我们能有新的发现。"

药剂师来了，他十分流利地讲说着关于口腔疾病的种种知识，关于产品对口腔疾病的各种用处,突然间,一个词语在吉拉德·蓝伯特眼前一亮,他兴奋地说:"对,就是它,这正是李施德林要找的东西。"

药剂师和听讲的人不解地看着他,发出询问:"到底是什么?"

"口臭,"吉拉德·蓝伯特激动地说,"消除口臭,这才是李施德林的最大用途。"大家听了,仔细琢磨,都认为这是个十分抢眼的话题,一致赞同蓝伯特的主张。可是,接下来还有十分为难的问题,这就是能否在媒体上公开讨论"口臭"这个微妙话题,会不会引起公众反感?导致计划失败?

蓝伯特经过再三思索,找到了一条十分巧妙的办法。1923 年,李施德林提出了著名广告口号"总是伴娘,从未当过新娘"。它用戏剧性的人物故事婉转地表达"除口臭"这一敏感话题,透过广告制造忧虑,有效地改变美国人的卫生习惯。此后 30 年间,这一标题继续与不同的广告词和不同的广告插图一起使用,一直不曾换下。

他们设计的广告情节是这样的,正当适婚年龄的年轻人之间,提出这样的问题:"如果不是这样,我会与他快乐地在一起吗?""别欺骗自己了,它(口臭)破坏了浪漫气氛"、"口臭让你不受欢迎"。

而后,随着不同时代人们关注点不同,李施德林也不断变化着创意思路。比如,在经济萧条时期,李施德林在广告中提醒大家,口臭可能会令你丢掉工作;在禁酒期,蓝伯特曾建议增加产品中的酒精含量等。

蓝伯特为李施德林产品找到了最好的定位,先制造问题——生活中的种种尴尬,然后再推出解决问题的良方。事实证明,李施德林的广告是成功的。到1928 年,李施德林已经是杂志广告的第三大广告主。从 1922—1929 年,李施德林的盈利额从 11.5 万美元增长到 800 万美元。即使在股市暴跌时,李施德林依然是报纸杂志广告的最大买家,花费超过 500 万美元——几乎是每年的利润总额。

在实践当中,透过功效定位广告策略,从而达到宣传效果的案例非常多。在功效定位时,除了宣传产品本身已经具有的功效外,还可以根据具体情况增加产品功效。在这方面,香港表就是一个成功案例。无论从质量还是从技术、工艺方面,香港表都无法与瑞士的"劳力士"、"雷达",日本的"西铁城"、"双狮"表相比。但是,聪明的香港手表商发现,瑞士、日本的手表虽好,功能却比较单一。于是,他们独辟蹊径,针对瑞士、日本手表的单一功能定位,推出了多功能定位的手表。他们设计制作了时装表、运动表、笔表、链坠表、情侣表、儿童表、计算表、打火表、时差表、报警表、里程表等。结果,香港表以其多功能畅销全世界,获得空前成功,跃居瑞士、日本之上,成为世界三强之首。

就算我活到 100 岁,也写不出像金龟车那样的广告。我非常羡慕,它给广告开辟了新的途径。

——戴维·奥格威

卖的就是高价——价格定位

价格定位，就是把自己的产品价格定位于一个适当的范围或位置上，以使该品牌产品的价格与同类产品价格相比较而更具有竞争实力，从而在市场上占领更多的份额。

1980 年代，中国某科学院皮肤病研究所研制了一种外用减肥霜，并且在一家保健日化厂试制开发。经过多次试验改进，最终确定了最佳配方。1989 年，产品开始上市销售，引起不少消费者关注，使用人数迅速递增。

有一次，一位英国客商了解到这种产品，决定亲自试用，结果用了两筒后，腰围缩小了 8 公分。他十分高兴，一下子订了 6 万元的货。透过英国客商，减肥霜很快推向了国际市场，远销日、美、欧各国。奇怪的是，国内市场一直反映平淡，尽管有人用了以后效果不错，可是远远没有形成轰动效应。

这时，另外一个厂家也购买了此种产品的配方，并很快投入生产。不久，第一批产品上市了，这个厂家采取了与原来保健品厂不同的做法，他们将本来卖 20—30 元的减肥霜卖 70 元一筒，同时，他们投入大量资金买下电视黄金时间段，进行广告宣传，配合颇具声势的"跟踪服务大联展"，让消费者享受到高品位的减肥咨询、检测等服务。透过这些广告手段，他们的产品一炮打响，很快家喻户晓，成为减肥保健品的佼佼者。

至此，了解其间内幕的人不仅感慨道："一分钱一分货，价高总比价低好啊。"同样的故事还有很多。前些年，日本东京滨松町的 TOMSON 咖啡屋推出了一种 5 000 日元一杯的高级咖啡。这个广告刚一发布，立即引起东京人们的惊讶。在当时，一杯普通的咖啡只有 100 日元左右，而现在，他们竟敢卖到 5 000 日元一杯，确实太昂贵了，贵得让人无法不吃惊。

但是，吃惊归吃惊，慕名前来消费的顾客依然很多，他们抱着一个目的，那就是看看这种咖啡到底为什么这么值钱？

让所有顾客非常满意的是，TOMSON 咖啡屋针对 5 000 日元一杯的咖啡做出了极其豪华和周到的服务。这种咖啡由名师当场精制而成，味道可口而特殊。咖啡屋里装饰华贵，犹如宫殿，服务员们穿着古代皇宫服装招待顾客，把他们当作帝王一般伺候着。最让顾客开心的是，饮用完毕，咖啡屋会送给每个顾客一个价值 4 000 日元的法国杯子。这样算起来，5 000 日元一杯的咖啡贵不贵呢？

咖啡屋老板森之郎说："其实，我们推出的 5 000 日元一杯的咖啡根本不赚钱。"公众哗然，既然不赚钱，为什么还要推出呢？

森之郎回答："卖 5 000 日元一杯的咖啡，我们是不赚钱的。我们要靠卖其他便宜的饮料来维持。然而，这 5 000 日元一杯的咖啡比任何宣传都为有效，它能吸引成千上万的好奇顾客的光临。"

上面两个故事中，商家通过高价格定位取得了成功，说明了价格定位在广告宣传中的重要性。

自古以来就有物美价廉的说法，指的是产品质量高价格低，这是人们对产品价格的美好追求,是最受欢迎的一种价格定位。然而,在实际定位策略中,要做到高质低价并不容易,因此厂商往往会根据个人的情况采取不同的价格定位。

在价格定位策略中,除去考虑产品质量外,其他因素影响也很大,比如消费者心理作用,因此,高价还是低价,定位前必须考虑到要满足消费者的心理价值。另外,品牌在服务、产品特性和产品表现等方面做得不同,也会影响产品的价格定位。比如一些运作成本较高的品牌,价格往往较高,这样可以抵消它的成本,还能宣传它的高质量。与之相反,有些品牌质量中等,却将价格定得较低,这是靠价格来扩大市场份额。

总之,价格定位直接关系产品销售,是广告学和广告活动中十分敏感和重要的课题。

> 一个公司必须在其潜在顾客的心智中创造一个位置。对此位置所要考虑的,不只是自己公司的强处与弱点,对于竞争者的强弱点也要一并考虑。
>
> ——艾·里斯

真美运动——整合营销概念

所谓整合营销传播（即 Integrated Marketing Communication，缩写为 IMC），是一个关于营销沟通计划的概念，它认为整合性的计划是有附加价值的。

多芬(Dove)成立于 1957 年,以生产女性肥皂为主。1979 年,一个独立的临床研究显示,Dove 香皂的温和性比 17 种主要香皂都高。因此,皮肤科医生大力推荐,报纸文章争相报导,朋友之间纷纷相告,多芬名声大振。

2004 年,多芬推出了一项有趣的活动:在《TIME OUT》杂志上刊登"寻找欣赏自己曲线的乐观女性"广告报名,结果,不少女性踊跃报名,最终选出了 6 位女性现身 2004 年 3 月 29 日的"真人广告"(伦敦)。这是 6 位丰满的女性,穿着统一的白色内衣,看上去十分亲切。

活动不但吸引了很多女性,也引起人们强烈关注,人们议论纷纷:"多芬要做什么?""能够在杂志上秀一把,确实不错。""难道真的每个人都有机会吗? 尽管我自认为漂亮,可比起那些明星差远了。"

在人们的议论声中,多芬发起并赞助"美丽的真谛——女性、美丽和幸福全球调查"活动。他们首先对全球 118 个国家、22 种语言的相关文献进行整理,得到对美丽的传统观念和看法;然后对 10 个国家 3 200 名女性进行电话访问;最后,根据调查情况,撰写报告,发布白皮书。2004 年 9 月 29 日,"多芬峰会"召开,会议邀请哈佛心理学教授 Nancy Etcof 以及非常著名的英国心理治疗师 Susie Orbach,探讨如何帮助女性学会了解和处理外形和心理感受的关系,并且学习如何塑造"理想的"形象。

同年 10 月份,多芬公司正式拉开"多芬真美运动(Real Beauty Campaign)"帷幕。他们建议女性认真思考一下关于美丽的问题,比如社会对美丽的定义问题、要求完美的问题、美丽和身体吸引力之间的差别、媒体塑造美丽形象的过程和手法等等。活动推广不久,多芬在活动前推出的 6 位真人广告基础上,又推出一组新广告。在这组广告中,多芬另外选用了六位年龄从 22 岁到 95 岁的"典型女性",展现她们自信、生动、充满活力的一面,并在他们的照片边上提出诸如"有皱纹还是非常棒?(Wrinkled Wonderful?)""灰色还是出色?(Gray Gorgeous?)""超重还是出色?(Oversized Outstanding?)""半空还是半满?(Half empty Half full?)""瑕疵还是无瑕?(Flawed Flawless?)"等问题。

至此,多芬历时半年多的活动成为女性最为感兴趣的话题。多芬又发布消息,请消费者登陆网站,进行美丽投票。这一下,更加调动了消费者积极性,投票活动十分踊跃,越来越多的人开始关注多芬。

2005 年 2 月,多芬从前两次真人广告中选取众人熟知的女性,绘制卡通形象,作为新产品的主角,开启了广告活动。这些形象都是一些大家耳熟能详的标志性人物,被大众认为值得信赖,并加之和自己有相似性,更加觉得亲切,因此推出后大获成功。

这些卡通人物的形象从 2005 年 2 月开始出现在电视广告、若干顶尖杂志上,同时与福克斯(FOX)电视网的其他著名动画形象一起出现。此外,多芬公司还多方运用了公关、店内促销、户外媒体及其他营销手段,联合促进这次广告行动,最终,这场美丽运动大获成功。多芬向人们展示了一次成功的整合营销活动。在整合营销中,广告策略是整合营销传播的重要组成部分,也是整合营销传播成功的关键。整合营销传播的开展,是 20 世纪 90 年代市场营销界最为重要的发展,整合营销传播理论也得到了企业界和营销理论界的广泛认同。他经历了 80 年代以前的 4P 阶段、定位理论阶段,在 1980—1990 年代逐步发展,到 21 世纪走向成熟。

从广告策略的重要性和特点来看,进行整合营销宣传时,须注意仔细研究产品,明确这种产品能满足消费者哪一方面的需求;锁定目标消费者,确定什么样的消费者才是销售目标;比较竞争品牌的优势以及其市场形象;树立自己品牌的个性;明确消费者的购买诱因,加强广告的说服力,通过内容和形式的完美结合说服消费者;提出旗帜鲜明的广告口号;对各种形式的广告进行整合等等。

> 整合营销传播是一种看待事物整体的新方式,而过去在此我们只看到其中的各个部分,比如广告、销售促进、人员沟通、售点广告等,它是重新编排的信息传播,使它看起来更符合消费者看待信息传播的方式,像一股从无法辨别的源泉流出的信息流。
>
> ——美国学者舒尔兹、唐列巴姆和劳特鲍恩

好感觉跳出来——4C 概念

4C 即：消费者的需求和欲望（Consumer Want and Need）、消费者满足欲求需付出的成本（Cost）、产品为消费者所能提供的方便（Convenience）、产品与消费者的沟通（Communication）。

1989 年,日本丰田公司在澳大利亚的广告宣传遇到了麻烦。本来,根据当时的汽车行情,丰田公司在世界各地的汽车广告都已改变了原先老套的风格,可是固执的澳大利亚厂商却坚持原来的风格,执意保留原先的口号"跳起来"。这样,丰田在澳大利亚的销售就受到影响,因此公司非常烦恼,负责其广告的盛世长城营销公司也颇感头疼,他们苦思冥想,如何套用一个观众几乎已经看厌的旧广告,推动该品牌继续发展呢？

盛世长城营销公司开始了艰难的探索之旅,这天,他们召开会议,继续商讨研究这个问题。有人叹气说:"这样的旧广告早就该淘汰了,不会有人感兴趣,再在上面想办法也是白费力!"

有人附和道:"对,产品不断更新,广告却是老一套,这本身就不合理。"

难道真没有办法了？ 突然,有人站出来说:"既然厂商如此衷爱'跳起来'这句口号,我想肯定有它的道理。这句'跳起来'除了表达产品的性能外,一定还有别的内涵。"

这句话提醒了大家,当时,广告界流行一种新理论,注重表达诉求,也就是强调消费者的感觉,由此,他们继续分析下去,得出了意想不到的答案:"跳起来"这句口号表达的核心不是"跳"的动作,而是强调"好感觉",强调消费者对于产品的感受。这一发现让他们豁然开朗。要知道,大多数汽车广告的销售重点都是卖"车",卖"金属",强调产品性能,而丰田这个卖"感觉"的点子,显然要有趣、新颖得多。

找准了丰田品牌的关注重点,厂商和广告代理一起找到了丰田下属各款汽车所共有的感觉,这将成为新广告的表达核心。于是,根据每款车型,他们设计了独立的个性和截然不同的广告宣传,让人充分感受到产品带来的愉悦感觉。这也成为了丰田汽车与其他汽车的区别之处。

这次挖掘"感觉"的活动得到了很大收获,厂商和广告代理不知不觉中学会了从消费者的角度观察汽车,而不仅仅是作为产品制造者、推销者欣赏汽车。

接着,各种关于"跳"的广告在电视上出现了。首先进入人们眼帘的是一只小鸡正在横穿马路,一辆佳美以令人惊讶的速度飞驶而来,眼见着这不幸的小家伙就要成为车下游魂。小鸡被吓了一大跳,惊讶地"跳"到了半空。这段广告持续播出了整整十年。小鸡成为澳大利亚最受欢迎的广告偶像之一,后来,它还被设计成一个吃得大腹便便的玩具娃娃。

当然,"跳"起来的不仅仅是小鸡,很快,各种更有创意、更让人难忘的"跳"出现了,帽子被兴奋地抛向空中。人们从窗边纵身一跃。一头奶牛跳上了月亮。这还不算,还有一头海豚优雅地从海面跃进沙漠!如此种种创意,让丰田车不"红"都难,这也使得它牢牢地占据了澳大利亚汽车市场。

这个套用旧广告大获成功的故事成为广告界的典范之作,也验证了整合营销传播中广告策划从4P到4C的发展情况。

所谓4P,既产品(Product)、价格(Price)、管道(Place)、促销(Promotion),这

一理论产生于 20 世纪 60 年代,其提倡者科特勒认为"如果公司生产出适当的产品,定出适当的价格,利用适当的分销管道,并辅之以适当的促销活动,那么该公司就会获得成功"。根据这一理论,公司在进行广告宣传时,大多强调产品的性能、价格,注重选择适当的媒体,而对消费者缺乏了解和关注。

随着市场竞争白热化,这种只考虑公司和产品,只在乎销售者,而不从买方角度考虑问题,不为他们提供利益的宣传策略受到了冲击,1980 年代,美国劳特朋针对 4P 存在的问题提出了 4C 理论,这一理论包括:消费者的需求和欲望(Consumer Want and Need)、消费者满足欲求需付出的成本(Cost)、产品为消费者所能提供的方便(Convenience)、产品与消费者的沟通(Communication)。

从 4P 到 4C,广告开始以消费者为中心,它强调注意消费者的需求与欲望,从消费者角度出发,考虑成本问题。另外,广告宣传还突出便利特点,以全面满足消费者,提供尽可能完善的服务,在宣传中达到与消费者的交流沟通。

总之,从 4P 到 4C,是整合营销宣传发展的重要过程,这些理论丰富了广告学的内容,使广告更好地为厂商、消费者服务打下了基础。

DDB(恒美):全称 DDB World Wide,是美国现时最大的广告公司之一,它于 1949 年由广告大师威廉·伯恩巴克(Bembach)等创办。1986 年由 Doyle Dane Berlabach 广告公司和 Needham Harper World Wide 广告公司合并而成。Needham 也是一个重视广告创意的广告公司,两家基于相同的理念和都想增强实力的目的而合并了起来。1995 年世界总收入高达 4.47 亿多万美元,世界排名第五,以广告具创意驰名于世,连续三年为获取戛纳国际广告奖项最多的广告公司,并被《广告时代》杂志选为 95 最佳广告公司。

"懒鬼"的麦片——广告心理学

一个成功的广告,在于积极地利用有针对性的诉求,把广告主所需传播的信息进行加强,传递给消费者,从而引起消费者的注意,使消费者对广告主的产品发生兴趣,并进而刺激消费者的欲求,促使其产生购买行为。

开乐氏公司以生产快餐类谷物食品和方便食品闻名于世,产品主要是吐司面粉糕饼、速冻华夫饼干、麦片等等。

1991 年,该公司成功开发"葡萄干麦片",这是一种葡萄干、燕麦和蜂蜜的混合制品。产品在投放市场之前,公司邀请了 JWT 广告公司负责它的电视和印刷广告。

JWT 广告公司经过仔细分析和调查,设计了一则别具新意的广告,这则广告极富现代气息,讲述了这样一个情节:上午 8 点,阳光把紧闭的窗帘照得通亮。床头的电子闹钟吵醒了睡在卧室里的一个懒鬼。他起身来到乱糟糟的客厅,把睡得横七竖八的另外三个懒鬼叫醒。四个蓬着头、穿着宽松睡衣、尚在梦中的懒鬼陆续来到客厅,昏昏沉沉地嚼完麦片,把用过的盘子往水槽一扔,各自继续回被窝蒙头大睡。片尾,开乐氏在画面一角展现了诱使这群懒鬼中途挣扎着起床吃早餐的美味食品,广告口号写道:"早餐回来了!(Breakfast is back!)"

开乐氏公司接到广告设计后,有些疑虑:"以往早餐麦片的广告突出健康、营养,一般都是活泼有趣的情节,现在的懒鬼情节会不会影响产品形象?"

WT 广告公司分析说:"不会的,这样才能抓住当代人心理。您想,以前早餐麦片推向的目标消费群体是儿童、学生;继而扩展向那些早晨争分夺秒的白领阶层诉求,推广方便快捷的早餐食用方法;可是现在,年轻一代成长起来了,他们生活起居更加随意、松散,是一群孤独的又喜群居的奇特'动物',更加贪图享受,及时行乐。试想一下,广告情节中的懒鬼们或许刚玩了一个通宵的电子游戏;或许刚开过一个彻夜的派对;或许整夜无所事事地开车在街上闲逛。我们以他们推出广告,不是很有针对性,很有吸引力吗?"

开乐氏同意了设计方案,于是,电视上很快播出了"懒鬼"广告。此广告片成功地把握了新消费群体的心理。广告创意人员对这一游戏化、娱乐化群体的特征有充足的把握。同时,幽默化、戏剧化的情节,也能使包括白领和蓝领在内的成人消费群体欣然接受"记得吃早餐"这一诉求精髓。

懒鬼广告向我们展示了广告传播中心理的作用。简单地说,广告心理就是广告宣传透过对消费者的感觉和知觉刺激去激发消费者的认知过程的结果。这一过程,包括感觉和知觉、吸引注意、促进联想、增强记忆、说服消费者五个环节。

现代社会中,广告已经成为人们生活中不可缺少的一部分。成功的广告制作者深谙渗透在广告中的心理作用,他们能够运用巧妙的方式和内容,调动视听对象的心理需求,从而达到销售产品,提高企业知名度的目的。

如何分析消费者的认知过程,如何把握消费者的心理特征,如何透过对消费者认知与行为的研究来制定有效的广告策略,已经成为广告心理学研究的重点,也是广告效果测定、管理当中必不可少的手段之一。

品牌是太阳底下最重要的事业……我们所做的一切都是为了塑造品牌——毫无疑问,品牌就是这世界上比现行宗教与政治法规还要重要的头等大事。依据品牌我们得以认识这个世界,因此在我们每个人的生活当中品牌都相当重要。

——英国 HHCL 广告公司的创始人之一斯蒂文·亨利(Steve Henry)说

停不下来的兔子——吸引注意力

注意具有两大特点：指向性和集中性。

永备公司是一家善用广告的科技公司，下面，我们看一个关于他们公司劲量兔子的故事。

兔子名叫劲量，是一只电动兔子，它打扮超酷，头戴太阳眼镜、脚穿沙滩鞋、身背印有劲量电池标志的小鼓，最喜欢的游戏就是不停地打鼓。这只兔子参加过各种打鼓比赛，每次都能获胜，原因是它的电池——劲量牌电池功效强大，超过其他所有电池产品。

看到这只不知疲倦的兔子，你也许要问，哪里有这种兔子？它为什么不停地打鼓？

其实，这是李·克劳为永备公司创造的兔子形象，说起它的来历，还颇为有趣。1975 年，金霸王电池公司首先推出了一个兔子形象，它是一只粉红色的电动绒毛兔，在广告中与许多兔子比赛打鼓，每次别的兔子不动了，它还能继续敲。这是因为它装着金霸王的电池，功效强大。可是后来，金霸王公司放弃了兔子形象。

5 年后,李·克劳受邀为永备公司的劲量电池做广告,他一下子想到了永备的竞争对手——金霸王的的那只兔子。他想,金霸王用兔子强调电池的能量强大,现在他不敲了,我可不可以接着敲呢?

经过反复琢磨思考,李·克劳有了一个大胆的想法,他决定为兔子改头换面,让它继续打鼓比赛,用夸张的方式表现劲量电池更耐用持久。

这样,一只超酷的兔子形象诞生了,电动兔子打鼓比赛又开始了。不过,这次的广告词换了,只听一个声音在说:"有的广告上说某家电池的兔子最后获胜,大家千万不要被迷惑。"他的声音将大家带到了劲量兔子身上,只见它不知休止地敲打着鼓,鼓声越来越近,那个声音又说话了:"事实却是,劲量电池根本没有被邀请参加决赛。因为没有人比得过劲量兔子,它总是在走啊走。"劲量兔子走进屏幕,一边继续敲鼓一边不时把鼓槌举过头顶挥舞。只见这只勇敢无畏的劲量兔子吧嗒吧嗒走下屏幕,居然走进了演播室。这时听见导演在喊"挡住那只兔子!"可是这只兔子根本无法阻挡,它大踏步穿过一个正在拍摄咖啡广告的场景,接着穿过一个治鼻窦炎的药物广告,又来到一个葡萄酒广告中,惹得广告中的男演员目瞪口呆,撞翻了所有道具。这时只听见旁白得出结论说:"没有什么比劲量电池更持久。它会让兔子走啊走,总是在走。"

这个更加鲜明、突出、富有活力和个性的形象便很快吸引了消费者,超越了金霸王兔子,一举成名。其后,这只兔子不仅是最具知名度的广告代言人,而且还成为一种文化符号。过去十几年间,无论政界人士还是体育明星,从学校教师到英雄人物,几乎人人都用劲量兔子来表现自己的持久力量。"劲量兔子最终成为耐力、毅力及决心的绝对象征。"

广告界流传着一句话："使人注意到你的广告,就等于你的产品推销出去一半。"如何吸引他人的注意力,就成为广告心理研究的重要课题。

注意有两大特性,一是指向性,指的是人的心理活动具有的选择性,将心理活动有选择地指向某一目标,同时离开其他对象。二是集中性,是指人的心理活动只集中于少数事物上。

在广告活动中,只要能够充分利用到这两个特性,那么就可以很好地吸引消费者,使他们对广告宣传的内容产生深刻的印象。

消费者注意广告一般可分为无意注意和有意注意两种。前者指事先没有预定的目的,也不需作任何意志努力的注意。后者是一种自觉的、有预定目的的、在必要时还需要付出一定的意志努力的注意。区分两种形式,可有助于在广告设计时进行合理科学的策划。

在了解注意的特性和形式的基础上,就可以采取有效的办法,达到吸引消费者注意的目的。比如说:增大刺激物的强度;增大刺激物之间的对比;提高刺激物的感染力;突出刺激目标。

李·克劳(Lee Clow)

美国著名的广告创意人,以富有创造力和力量的创意在广告界闻名。曾在李岱爱公司(即 TBWA)工作长达 30 年之久,创意过苹果计算机"1984"广告战役和劲量兔子广告。他认为广告不是简单的做生意,而是一门艺术。李·克劳坚持自己的观点并坚持把一件事情做好。他相信创作出成功广告的唯一办法就是聚焦于手头的工作,不要追随既定的规则。

颜色带来利润——视觉效果

广告宣传就是从视觉、听觉和知觉三种认知形式的刺激开始的。

有一家肉铺,生意一直不错,多年来盈利颇丰。老板十分满意,决定装修门面,扩大经营。他亲自选定了材料,设计了装修的样式,请来了最好的装修队伍。果然,不出几天,肉铺的装修完成了,崭新的门脸,锃亮的黄色油漆泛着耀眼的光泽,远远望去,十分气派。

老板很得意,他望着装修一新的店铺想:以前我的店铺破旧,生意还比较红火,现在店铺如此耀眼,肯定会盈利更多。他似乎看到自己的生意蒸蒸日上,成为当地最有名的肉铺了。

可是,事情却非如此,自从装修以后,肉铺的生意一日不如一日,销量大减,就连以前的老客户也很少光顾。眼看着生意难继,老板心急如焚,苦思冥想,却不知道问题到底出在哪里。

这天,附近一家广告公司的老板路过,他看了看肉铺的装修,不由皱起眉头。肉铺老板恰好站在门口,看到广告公司老板的表情,不解地问:"先生,您还没有进店,怎么就皱起眉头?"他以为广告公司老板对他的肉品不满。

广告公司老板听了,笑着说:"我虽然没有进去,可我已经想到里面的情况了。"

肉铺老板吃惊地问:"什么情况?里面的肉可都是新鲜的。"

广告公司老板说："是新鲜，不过看上去一定不新鲜。"

"你这是什么意思？"

广告公司老板没有回答，而是一脚踏进去。此时，店铺内黄色油漆干燥不久，依然十分明亮，这些色彩映照着铺内的角角落落，也映照在案板的肉上。肉色紫紫的，一眼望去，好像搁置了许久，已经开始腐败的样子。广告公司老板指着紫色的肉说："怎么样？你的肉都这种颜色了，还敢说新鲜吗？"

肉铺老板眨眨眼睛，不解地说："这是我刚刚进来的肉啊，唉，怎么回事？你不说我还没注意，怎么颜色变了？"他说着，拿起一块肉走到门口细看。在阳光下，肉恢复了正常的颜色，红润有光，十分新鲜。

这下，肉铺老板有些傻眼了，拉着广告公司老板的胳膊说："先生，您看，这不是我的肉的原因，是光线的事。"

"对啊，"广告公司老板说，"光线改变了肉的颜色，所以人们不敢买你的肉了。你放心，我来给你做一个广告宣传，保证你的生意兴隆。"

他说到做到，回去后为肉铺重新选择了装修颜色——青绿色，然后打出一副广告词"这里的肉，保证新鲜。"根据他的建议，肉铺又做了改装，结果，生意果真非常兴隆，来到店里的人看到青绿色墙壁映照下的肉，无不夸赞说："这里的肉，确实新鲜。"

广告公司老板为肉铺做的改装，正是抓住了颜色对人的心理变化所起的作用。在这里，颜色对人的刺激就是视觉刺激的一种，属于广告心理中感觉和知觉的范畴。

科学研究发现，一个正常人从外界接受的信息中，80%—90%是通过视觉而获取的。可见视觉刺激对信息传播多么重要。事实上,广告宣传就是从视觉、听觉和知觉三种认知形式的刺激开始的。而对视觉器官的刺激,更是使消费者产生兴奋的一种基本手段。

视觉包括颜色视觉、暗适应与明适应、对比和视觉后像等内容,其中颜色视觉的意义尤其特殊,这是因为颜色对人的心理情绪和行为有着十分重要的影响。在实际广告宣传中,人们也特别注意色彩的应用,这可以起到以下几方面功效:

(1)吸引注意力。

(2)比较全面真实地反映人、物和景致,从而使人产生美感。

(3)能够突出产品和宣传内容的特定部位,加强人们的注意,强化视觉刺激,让消费者一眼就能记住关键内容。

(4)充分展现产品和广告内容的质量,增加三维效果。

(5)合理利用色彩,可以丰富广告内涵,树立产品和广告作者本身的威信,增强艺术效果。

> 我的第三项优势是我曾在乔治·盖洛普手下做事,盖洛普是一位很杰出的调查学家。他曾教导我在还没测试以前,不要贸然推出广告活动。测试、测试、测试。
>
> ——戴维·奥格威

取名的学问——知觉选择

知觉的选择性过程，是外部环境中的刺激与个体内部的倾向性相互作用、经信息加工而产生首尾一致的客体印象的过程。它具有主动、积极和能动的特性。

1991年，上海市场出现了一个奇观，名不见经传的"川崎火锅调料"突然走俏，形成一股"吃火锅没有川崎怎么能行呢"的新潮流。这到底是怎么回事呢？

事情还得从头说起。川崎公司是生产调料的老公司，开发研制火锅调料也有多年历史。但是，火锅调料销售一直平淡无奇，似乎前景不大，此产品也就成为公司的一根鸡肋。转眼间又是一年，公司召开会议，研究下一年的广告和销售计划。这时，一位年轻人站起来说："现在吃火锅的人越来越多了，火锅调料的销量肯定会大幅度提升，要是我们能抓住机会，一定可以创造一个行业品牌。"他的话引起很多人赞同，大家七嘴八舌地发表着意见："对，目前火锅调料大多自己调制，没有什么响亮的牌子，是个机会。""我们的火锅调料质量不错，应该能打响。"尽管大家意见一致，可如何销售仍是至关重要的问题。最后，公司开展了全面的分析研究，决定从名称到内容，对产品进行全面包装设计。于是，一个颇具异国情调的名字诞生了，这个名字就叫川崎。"川"字有四川、麻辣的感觉，"崎"是"奇"的谐音字，有日本异国情调，可以给人以某种联想。除去名字外，公司还采取了最新、最科学的包装，这种包装是一个塑料杯子，用复合铝箔封口，热收缩包装两件一个单位，容量适中，食用方便。准备就绪，公司开始下大力气做广告设计。

10 月份来到了,火锅消费加大了,这时,川崎火锅调料闪亮登场,伴随着"吃火锅没有川崎怎么能行呢"的广告语,一下子打动了沪上人们的心。这种新式的产品不再是单纯的调料,而成了火锅的代名词。就这样,"川崎"成功地创造了一个名词和概念,并透过广告传播,使得无数人们接受了这个观念,改变了以往吃火锅自己调制调料的习惯。

川崎广告的成功在于它把握了人们的知觉选择性。人们对于事物的认识,不仅仅从声音、颜色几方面,更重要的一点是对它做出整体反应。这种反应,就是知觉。广告亦是如此,人们认识和接受一个广告,就是人们对广告的知觉问题。

日常生活中,人们总是对环境中遇到的各种刺激进行着下意识的选择,而最后他能知觉到的,只是他所面临的诸多刺激的一部分。在面对广告刺激时,消费者也会产生同样的选择,他不可能全盘照搬地认识接受广告的所有内容,这就是广告的知觉选择性过程。这种选择具有主动、积极和能动的特性,是外部环境中的刺激与个体内部的倾向性相互作用、经信息加工而产生首尾一致的客体印象的过程。因此,如何把握消费者对广告的知觉性选择,是广告心理的重要课题。

广告设计,往往不是简单地迎合人们的心理,而是强调主次关系、图形和背景的关系、信息联想等等,并进行一定艺术化处理,引导消费者全面正确地接受广告的各种信息刺激,产生一定联想,激发购买欲望和动机。

> 讲的事实越多,销售得也越多。一则广告成功的机会总是随着广告中所含的中肯的商品事实数据量的增加而增加的。
> ——纽约大学零售学校的查尔斯·爱德华博士(Dr. Charles Edwards)

梅兰芳是谁——联想

联想是心理活动的表现形式之一，指的是人们在回忆时由当时感觉的事物回忆起有关的另一件事，或者由所想起的、所看到的某一件事物又记起了有关的其他事物的一种神经联系。

1931年，梅兰芳在北平唱戏出了名，成为戏曲界冉冉升起的新星。这样的信息当然引起戏院老板们的极大关注，这不，上海丹桂戏院的老板决定聘请梅兰芳到上海献艺。

虽说梅兰芳在北平是名角，可在当时信息传递不灵的年代，上海人对他并不了解。这是他第一次到上海演出，能否成功还是个未知数。戏院老板可不愿做冒险的生意，为了利益，他决定先广告宣传梅兰芳。

经过分析研究，戏院老板买下了一家大报头版的整个广告版面，推出了一个特别广告。在报纸的广告版面上，仅仅写了三个大字：梅兰芳。除此之外再无其他内容。报纸一连三天都是这样刊登，赫然出现在人们眼前的"梅兰芳"三个字就像投进平静湖水的石头，击起千层浪花。人们疑惑地相互询问："梅兰芳是什么人？""是不是要出大新闻了？"

于是,各种猜测和小道消息满天飞,刊登广告的那家报馆门前挤满了人,答复不是一无所知,就是无可奉告。这样一来,上海人更加莫名其妙了,却将"梅兰芳"三字牢牢记住了。

第4天,当人们还在疑惑此事时,答案揭晓了,报刊这次刊出的广告,除了"梅兰芳"三个大字外,底下尚有几行小字:京剧名旦,假座丹桂第一大戏院演出《彩楼配》、《玉堂春》、《武家坡》。3天来,大字的诱惑,小字的吸引,一下子化作一睹为快的心理需求。人们竞相来到丹桂剧院,争睹梅兰芳真容。

由于事前宣传得法,加上高超的技艺,梅兰芳在上海的第一场演出便得了"满堂彩",从此,他的演出场场爆满,威震沪城。丹桂剧院也由此大发其财,成功占据上海戏院的头把交椅。

丹桂剧院老板为梅兰芳做的宣传广告成功抓住了观众的好奇心理,并且使得观众能够展开联想,充分调动他们参与的积极性,是一次十分成功的广告活动。

在广告宣传中,能够合理地利用联想的功能,可以调动消费者对广告内容的认识和理解,加强刺激的深度和强度。在广告中运用联想手段,是对广告信息的升华,是一种提高综合表现的手法。比如利用消费者熟悉的形象,创造出有趣、动人的情节,可以让消费者很容易接受广告内容;采取比喻的方法,可以让消费者获取更加广泛的信息内涵等。

另外,联想手法的运用,无疑提高了广告的艺术魅力,给消费者带来艺术的创造空间和感受,这一点可以增强企业或者产品的形象说服力。

当然,运用联想手法需要注意的是,首先要充分研究消费者的消费习惯、消费水平、消费趋势,掌握他们的心理需求;其次,要有针对性地利用各种广告因素,结合消费者的知识经验、审美欲求,激发他们与产品有关的各种联想;最后,通过联想,激发消费者对产品的信服、向往,产生共鸣和感情冲动,促进消费行为的发生。

没有风险的广告不一定平凡,但有风险的广告一定不平凡。

——著名广告人黄文博

米克罗啤酒改变形象
——观念诉求

广告诉求，就是要告诉消费者，有些什么需要，如何去满足需要，并敦促他们去为满足需要而购买商品。

美国米克罗啤酒面临着一个重大难题：它的销量在逐年下降,现在只有10%的市场份额,公司受到严重威胁。这对于曾经红火一时,是上流社会首选啤酒的公司来说,情况非常糟糕。为了改变颓势,公司委托 DDB 公司为他们进行广告宣传,重新树立米克罗的形象。

DDB 公司是美国著名的广告公司,曾经为许多公司做过广告宣传,很有实力。他们接到米克罗的任务后,即刻展开详尽的调查工作。结果发现,米克罗销量下降的原因在于,它的主要消费对象已进入中老年期,而成长起来的年轻人却又对这个品牌不认同,认为这是老一辈人喝的啤酒。

是什么造成这种局面呢? 当然是米克罗啤酒以往的广告宣传的缘故。以前,米克罗啤酒一直以"第一流"作为自己的口号和目标,强调产品的地位,使人们产生了这样的观念:米克罗是特殊时刻人们才能享用的产品。可是随着国外产品不断涌入,各种异国情调的进口酒冲淡了米克罗独特的风格,使它丧失了过去的吸引力。

针对此,DDB 公司决定改变人们对于米克罗的认识,把年轻人吸引到产品周围。DDB 公司首先细分诉求对象,找准消费者目标。他们发现,在社交场合中,是否有女性在场是男士消费米克罗啤酒的关键所在。当男子与男子结伴外出时,他们通常不在乎喝什么牌子的酒,但与女性外出时,就要"摆阔",喝价格较高的高档酒。DDB 广告公司据此把米克罗啤酒的重点定在有女性出席的时候,特别是晚上,目标对象是年轻男士。

确定了这一目标后,一连串广告设计相继推出。广告选用具有浪漫色彩的夜生活作描述,情节是一个男子与一个女子在酒吧中相会,如梦如幻的情景中,米克罗啤酒很突出。这时,一名摇滚歌星的歌声传来,唱的是《今晚从空中来》。随后,画面下打出了"夜晚属于'米克罗'"的字幕,歌声、画面与主题贴切,令人难忘!

果如所料,广告吸引了大批追求高品位、浪漫情调的年轻人,米克罗啤酒认知率很快上升到 50%,消费量增大。DDB 公司也因此广告获得大量赞誉。

米克罗啤酒透过广告宣传说服消费者,使他们改变观念,重新认识产品、接受产品。这里,广告活动成功运用了说服消费者的观念诉求心理战术。其实,每一则广告的目的都是说服消费者,而这一目的,是透过诉求来达到的。广告诉求,就是要告诉消费者,有些什么需要,如何去满足需要,并敦促他们去为满足需要而购买商品。

在广告诉求中,常用的方法有知觉诉求、理性诉求、情感诉求和观念诉求四种。其中,观念诉求指的是透过广告宣传,树立一种新的消费观念,或改变旧的消费观念,从而使消费者的消费观念发生对企业有利的转变。在实际广告传播中,经常用到观念诉求方法,这种方法可以收到相当客观的说服效果。

每加仑54 公里——理性诉求

理性诉求广告采取理性的说服方式，有理有据地传达商品与劳务的信息，引导公众理智地做出判断，进而购买使用。

1981 年,美国面临能源危机。由于汽油非常短缺,汽车加油站每天只营业几个小时。人们为了能够买到汽油,不得不提前排队等候加油站开门。在汽油不能充分供应的情况下,如何才能吸引、说服消费者购买自己的汽车呢? 本田思域(Civic)汽车决定推出有效广告,吸引消费者购买自己的产品。

他们委托的广告公司经过考察产品,研究市场,寻找到了问题的突破口。他们分析认为:"当前汽油短缺,消费者最在意的问题就是汽车耗油量大不大。有人甚至认为,驾车不如步行方便,所以,要想在这个时候推出广告,必须强调产品的节油性能。"思域汽车正是在节油方面做出重大改进的车型,因此,广告公司继续分析决定:应该抓住汽油短缺大做文章,突出产品节油特性,肯定能够取得成功。

本田公司同意了广告创意。于是,广告公司很快推出了一则"平均每加仑54 公里"的广告,这则广告十分理性地告诉消费者,驾驶思域汽车可以节省汽油,比起驾驶其他汽车来更要方便合算。结果,消费者对于这则广告十分认同,他们为了节油,纷纷关注起思域汽车来,结果汽车销量不但没有下降,反而持续上升。这里,思域汽车通过理性诉求,传达该品牌汽车省油的重要信息,是站在消费者立场说话,是为他们考虑,所以消费者容易接受。而且,广告内容客观、真实,有理有据,突出了专业性和科学性,使产品与竞争对手区别开来。这样,当消费者选择购买汽车时,他们首先考虑到风险之中,如何避开较大损失,因此会比较理智地去进行比较,这样,通过理性诉求,他们就对思域汽车产生了信任感,树立了购买的信心。

理性诉求广告指的是采用摆事实、讲道理的方式,向广告受众提供信息,展示或介绍有关广告物的广告。这种广告更注重理论和证据,强调理性思考。理性诉求广告的表述语言要求具备相当的逻辑性和条理性,广告内容侧重于商品和服务的功能、价值、质量以及商品能给消费者带来的实际利益等。这种广告一般针对于中老年消费者,强调"以理服人"。

理性诉求广告适用于下列情况:新产品上市时;产品有明显特征或重要的能击败竞争对手的长处;需要消费者经过深思熟虑才决定购买的产品;产品针对特定的消费群体。

人人都想入非非,梦见自己裸体奔跑,但是他们不能说出来。聪明的广告撰稿人应该用鲜明的语言把梦想讲出来。这正是广告撰稿人应有的本领。……理论上是这样的,制造商对消费者说:"我知道你想要什么",消费者下意识地想:"嘿,这家伙真不错,他了解我;这产品真棒……"

——《颠覆广告——麦迪逊大街广告业发家的历程》

银幕上的广告——强化记忆

广告识记是获得广告的印象并成为经验的过程。

　　某清凉饮料公司为了促销,想出了各种方法做广告宣传,有一次,他们发现人们在戏院内看戏时喜欢喝饮料,于是就找到戏院经理,请他在放映电影时,在银幕下面打上一行饮料广告词。戏院经理想了想,觉得这不妨碍戏院播出戏剧,还能增加收入,就答应了下来。

　　从此,这家戏院每次演出,都会按照饮料公司要求打出广告词。过了一段时间,令人称奇的事情发生了,这种清凉饮料销售上升了30%。面对如此成就,清凉饮料公司非常满意,他们决定做一次调查,看看人们在看演出时对广告的注意情况。结果让他们大感不解的是,观众们对广告词的注意力并不高,只有16%的人回答说注意到了广告词。这是怎么回事呢?

　　为了进一步搞清广告词对观众的影响,饮料公司开始进行更加深入的分析研究。这次,他们搞了一个试验。这则试验是这样的:他们一面在屏幕上放情节普通的电影,一面以1/4秒一闪的速度和每隔5秒1次的频率在银幕上闪出这样的广告语言:请买爆米花! 请喝可口可乐!

观众们正在观看电影,对广告词并不热情,有种视若无睹之感。但是,试验者反复多次进行试验,6 个星期后,调查统计显示了一组令人惊讶的数字:爆米花销售量上升 58%,可口可乐销售量上升 18.1%。

这个试验显示了记忆在广告活动中的作用。对于广告心理来说,记忆是非常重要的内容之一。它是人们在过去的实践中所经历过的事物在头脑中的反映。对于广告信息的记忆,是消费者思考问题、做出购买决策的必不可少的条件。

根据心理学研究,正常人的记忆分为识记、保持、再认和回忆四个基本环节,这也是广告记忆的基本内容。识记就是识别和记住广告,这是区分不同广告的过程;保持就是在头脑中巩固已有的广告内容;再认就是在新的刺激面前回想旧广告内容的过程;回忆则是回想的过程。由此来看,广告的记忆是一个完整、连续、长期的过程,为了获得更好的广告效果,激发消费者,就要充分利用广告促进记忆的功效。

在广告宣传中,一般采取适当减少广告识记材料数量、利用形象、重复广告内容、突出重点等办法,发挥记忆在广告过程中的作用。

精英(Grey):美国第一、亚洲第八、世界第七大的广告(集团)公司。它拥有 275 个分公司,遍及全球 70 个国家。是一个以保守的金融管理和与其客户的稳定关系著称的历史悠久的美国公司。尽管管理方式保守,但近年它在欧洲发展迅速。

我梦想——心理战术

随着商品市场多样化，消费者心理在广告设计中变得越来越重要。因此，广告必须配合消费者不同的心理去设计传播。

20 世纪 20 年代，美国女性以小胸脯为美，可是，一向倍受女性欢迎的媚登峰牌女士内衣生产厂家却突发奇想，认为在女装内加一个能体现自然胸部曲线的杯罩，要比那种平坦的款式好看很多。

新构想的内衣由一根松紧带和两个杯罩组成，推出后竟然大受欢迎，很多顾客纷纷要求生产这种胸罩，并要求在所有出售的女装上都加装这种"特殊"部件。厂家非常欣喜，他们进行了多次改造，并于 1926 年研制成一种"能自然支撑胸部"的内衣，命名为"媚登峰女士专用内衣"，取得了专利。

媚登峰依靠新款内衣大获成功，接连推出系列产品。其中 1949 年推出的名为倩斯奈特（Chansonette）系列产品，是媚登峰公司所生产的最著名的一款内衣。产品上市前，公司委托诺曼·克莱格·卡麦尔（Norman Craig & Kummel）广告公司为其新产品设计广告。

这是卡麦尔接到的第一个关于女性内衣的广告任务,他们认为,要想设计出优秀的广告,必须首先了解女人。于是,他们召集部分女性进行了一个心理测试,发现女士一般都有一种潜在的炫耀本性。就是说,女性会更愿意突出自己的三围,让自己显得更有魅力。

根据测试结果,广告公司创作了一连串以"梦想"为主题的广告战役。他们推出了"我梦见自己只穿着媚登峰内衣去购物"这句广告词。这在当时可是非常大胆的举动,甚至给人不道德之感。播出前,公司先对广告进行预测,果不其然,被访的女士们看了广告后目瞪口呆,坚决反对播出。一般来说,出现这样的预测结果只有一条路可走,那就是放弃广告创意,另寻出路。但是,广告公司却不这么认为,他们说:"这种效果正是我们希望的。"

接下来,"我梦想"系列广告如期播出,这些广告中无一不是衣着入时、但上身只穿着内衣的女性形象。所有主人公都神情自然、泰然自若地出现在各种场景当中,广告的标题揭示出画面非现实的特点:例如只穿着内衣的女性站在宫殿里"我梦想自己穿着媚登峰内衣成为大使夫人";站在火车头前"我梦想我穿着媚登峰内衣使它们停在我的轨道中"等,这些超凡脱俗的大胆设计深深吸引了观众的眼球,大受女性消费者欢迎。这一创作主题竟然一直沿用到 70 年代,连续使用了22 年。

媚登峰透过这一革命性的广告建立了自己的特色,公司甚至悬赏 1 万美

金,招集妇女们梦想的场景。从 1949 年开始,女士内衣广告张扬个性和突出魅力的广告风格也开始流行起来。

媚登峰大胆前卫的广告发掘了消费者的潜意识消费动机,成功地运用了广告心理战术。我们在前面逐步认识了心理变化在广告传播中的各种作用,下面就来看一下广告实战中,心理战术运用要注意的问题。

随着商品市场多样化,消费者心理在广告设计中变得越来越重要。因此,广告必须配合消费者不同的心理去设计传播,要注意的是以下几点:

(1)选择适合心理诉求的广告媒介。

(2)制作更佳的印象。广告设计应该富有想象力和艺术性,这可以长久地影响消费者,加强心理诉求效果。

(3)刺激欲望。从消费者角度出发,激发他们潜在的特殊需求,从而说服他们购买产品。

(4)利用时尚流行。在广告宣传中结合时尚流行,会起到事半功倍的效果。但要注意对权威言行的渲染,注重对流行商品的认可和赞赏,刺激人们的模仿行动。

(5)注重个性。

> 广告如果想引起那些由于疲劳或松弛而感觉迟钝的人的兴趣,就必须提供生动活泼的刺激。
>
> ——戴莱尔·卢卡斯和史都华·布利特:《广告心理学及研究》

牛奶胡子——传播原理

广告传播遵循诱导性原理、二次创造性原理、文化统一性原理。

美国有一个牛奶委员会,他们发现,人们正面临日益严重的缺钙危机,造成这种危机的重要原因之一就是大多数人饮用牛奶不足。经过详细的调查,他们得出一个可怕的结论:9/10 的女性和 7/10 的男性都没有按照每天推荐的 1 000 毫克的钙摄入量饮用至少 3 杯牛奶!

牛奶有丰富的钙源,饮用牛奶方便快捷,效果又好,为什么人们会放弃呢?牛奶委员会委托广告公司进行调查分析,结果发现,人们普遍认为牛奶是小孩才吃的东西,而且多喝牛奶会发胖;虽然牛奶有益于健康,但还是可乐和果汁更好喝等。

针对此,牛奶委员会决定采取措施,纠正人们的错误观念,推动乳品行业发展,说服人们消费更多牛奶,改善目前的缺钙状况。

这个重要的任务自然要通过广告宣传才能完成。接到任务的广告部门不敢怠慢,立即付诸行动展开调查研究。他们进行了一个试验:要求 10 多名试验者一周内不喝牛奶,并详细记录下各自的感受。

第 5 天,实验者开始反映,清早起来想吃麦片却发现没有牛奶,感觉真是太倒霉了。他们不好意思地说,真想偷小孩的奶喝;还有人说,看到猫咪盛食的碗时会非常渴望喝牛奶,恨不得把猫的牛奶喝了! 一连串反映表明,人们在真正需要牛奶的时候没有牛奶会感觉很痛苦。

于是,他们设计了很多广告情节,都是人们想喝奶却没有奶的场景,伴随着"喝牛奶了吗?(Got milk?)"这句简洁明了的广告词,拉开了一场全国性大规模广告战役。这些"缺奶"场景很自然地唤起人们的喝奶欲望,很快,"喝牛奶了吗"成为一句流行语,成为人们开玩笑的话,而不是广告词了。

广告宣传中,最引人注目的一个画面就是牛奶胡子。这是一个系列广告的宣传画,画面上出现的名人,每人嘴唇上都有一抹牛奶胡子。这种特别的明星照片吸引了人们的视线,产生强烈效果。而明星们来自各行各业,无不齐声夸赞牛奶的好处,真可以称得上"全民总动员",完全达到了牛奶委员会的初衷。

这次广告宣传中,唇上那撇醒目的"牛奶胡须"和只有两个字的广告标题"Got milk?"一举深入人心,成为成功的广告作品。

牛奶胡子的广告设计消除了任何文化上的差异,令任何文化背景的人都能一看就懂,非常适合在美国这种多种族环境下的传播沟通,从而产生强烈回响。

广告是一种信息传播的过程,那么,广告传播的基础是什么?有何特点和意义?广告传播的基础是传播学 5W(Who、Says What、In Which Channal、To Whom、With What Effect)理论,具有以下特点:

(1)广告传播是有明确目的的传播;

（2）广告传播是可以重复的传播；

（3）广告传播是复合性的传播；

（4）广告传播是对销售信息严格筛选的传播。

广告传播遵循诱导性原理、二次创造性原理、文化统一性原理。诱导性原理包括观念的传播、情绪的传播和行为的传播，是一个通过多种手段诱导实现心理渗透的过程；二次创造性原理，指的是广告传播是一个完整的创造性过程；文化统一性原理指的是只有让传播者和接受者之间达成一定的文化共识，传播才能顺利进行。在实际广告传播过程中，往往三种原理互相结合，互相影响，才能最终完成预期的广告传播目的。

> 所谓创意，就是不折不扣的旧元素的新组合。
> ——智威汤逊广告公司广告文案、广告教育家、《怎样成为广告人》的作者詹姆斯·韦伯·扬（James Webb Young）

创造至爱品牌——广告文化

广告活动不仅是一种经济活动，还是一种文化交流。这种文化是从属于商业文化的亚文化，具有着商品文化和营销文化的特色。

凯文·罗伯兹是广告业著名人士，他出生于 1949 年，先后在多家公司任经理，成绩显著。1997 年，他转行来到盛世长城国际广告公司，并任全球首席执行官。第二年，他就荣获美国最优秀广告人奖。说起他在广告业的成就，最为耀眼的自然是他提出至爱品牌这一概念。

加盟盛世长城之前，凯文意识到品牌正在走向末路，他想，如何解决品牌所面临的问题呢？看来"信任标志"是第一位的。正当他尝试这种"信任标志"的准确性之际，他遇到了《快速企业》的创刊编辑艾伦·韦伯。当他把自己的想法告诉艾伦时，对方毫不留情地说，"这个听起来好像不太充分。"

遭到否定的凯文有些沮丧，他一个人回到了他在纽约空荡荡的公寓，此时，他的太太远在新西兰度假。凯文打开了一瓶 1988 年的 Lafitte，打算平静一下自己的心情。

太太不在身边，没有人喜欢自己的观点，凯文感到了孤独，他逐渐觉得自己一无是处。借酒浇愁易醉人，不知不觉，凯文已经喝干了一瓶酒，并打开了第二瓶。他习惯性地拿起笔，在一张餐巾纸上胡乱写着画着，脑子里涌现着无数不着边际的话题，于是，餐巾纸上出现了这样的内容："人的生命中最伟大的感情就是爱。我爱我的太太。我爱红酒。我就是爱你在报纸上讨论的那个话题……"

写着喝着,已经凌晨三点了,凯文手里的笔还在不停地游走着,忽然间,餐巾上出现了这样的字"Lovemarks"。看着这个字,凯文眼前亮了起来,他似乎找到了问题的症结,找到了出路一般,非常满意地笑了,随后呼呼睡去。

第二天,凯文醒来后,拿着写着"Lovemarks"的餐巾纸,那样兴奋,那样激动,他迫不及待地再次给艾伦打电话,并告诉他自己的重大发现。艾伦听了,努力抑制住兴奋的心情,一字一句地说,"这就是我想要的。"

"Lovemarks"是爱和商业结合的意思,这一提议对当时商业界来说,还是非常新颖的话题。一直以来,商业给人的印象都是缺乏温情,充满竞争的,怎么可能和"爱"联系到一起呢?所以,当凯文对一些大企业的首席执行官推行这一概念时,他奇怪地看到:很多资深的首席执行官们脸都红了,他们的身体从座位上滑下去,还用年报挡住了脸。

尽管人们不肯接受这一概念,凯文却非常坚持,他相信:"靠打动人的情感,你可以使优秀的人与你一起共事,得到来自最好的客户的激励,得到最优秀的合作伙伴,最忠诚的顾客。""分析别人的情感而拒绝承认我们自己的情感,实际上也是在'自欺欺人',也是一种浪费。而所有情感的最基本就是爱。"

就在他努力推销至爱观念时,迎来了跨世纪的 2000 年,这一年,"爱虫"病毒袭击了全世界的计算机,他知道自己的方向走对了。人们都在做着不愿说出口的事情:点击不明邮件,只因为有人说"我爱你!"

看来,爱是企业应对消费者快速变化的唯一途径。大部分的品牌都会在发展过程中陷入激烈竞争和微小利润空间的泥沼,无懈可击的管理和持续不断地改进,只能为他们赢得高度的尊重,却没有多少情感。只有爱和尊重结合,才能

制造"至爱品牌"。

凯文提出的"至爱品牌"概念丰富了广告文化,使其迈进了一个崭新的情感的时代。那么,什么是广告文化?这种文化具有什么特色?

广告活动不仅是一种经济活动,还是一种文化交流。这种文化是从属于商业文化的亚文化,具有着商品文化和营销文化的特色。随着广告发展,其文化也成为现代社会文化的重要组成部分。

目前,在全球经济一体化影响下,许多跨国、跨文化广告传播中体现出更多的文化特色,这表现在文化沟通、文化障碍、文化渗透、文化冲突和文化政策等方面。所以,广告文化的内涵和附加值也就显得尤为突出。

电通:创业于1901年,是日本最大的广告公司。其营业额连续24年来独占鳌头,堪称名符其实的世界一流广告公司。1996年,电通的营业额为140亿美元。它在36个国家及地区拥有约70个子公司和相关企业。可以毫不夸张地说:日本广告的历史也就是电通的历史。

第三章

广告创意与策划

　　时尚具有一个显著特色,那就是它是被人为创造出来的。这种特性决定了它在广告文化中的价值,一旦人们认为广告宣传的内容是时尚的,它们就容易被接受。所以,广告宣传中时尚策略的应用非常常见。这是因为,人们普遍具有模仿和从众的心理,这种心理对于追求时尚起了重要作用。

原子时代的笔——广告创意

狭义的创意是指广告主题之后的广告艺术创作与艺术构思，即创造性的广告表现；广义的创意主要指广告中所涉及的创造性思想、活动和领域的统称，几乎包含了广告活动的所有环节。

洛克是匈牙利人，第二次世界大战前夕，他发明了一种笔，这种笔设计简单，携带方便，重要的是不用时时灌水，比起钢笔来要方便得多。他把这种笔叫做"圆珠笔"，意思是只要笔尖的圆珠转动，笔就可以写字。后来，他在英国申请了发明专利。

这时，一位叫雷诺的商人接触到了圆珠笔，立即被其方便简单的设计吸引了，他想：这种笔这么好用，一定很有前途，要是我买下专利权，肯定可以发大财。在这种心理驱使下，他见到了洛克，向他提出购买专利权的想法。洛克正愁着如何推销呢，一听这个建议，两人一拍即合。就这样，雷诺拥有了圆珠笔的专利权。

随后，雷诺对圆珠笔进行了一番改造加工，使其更利于人们使用，随后他建立了第一家圆珠笔生产厂家，开始大量生产圆珠笔。之后，雷诺付出很多心血来推销他的这一产品，但一直没有太大的起色。

不知不觉，二战快要结束了，这时，美国将自行制造的原子弹成功投放到日本，引起了世界性大轰动。雷诺以特有的敏锐感觉到这是一个商机，于是他将自己的圆珠笔更名为原子笔，炫耀他将出售一种原子时代的新笔，开始进行大量广告宣传活动。人们一下子就把原子笔与原子弹联系到一起，再加上雷诺推出的各种耸人听闻的广告,大家出于好奇纷纷购买。结果,原子笔像原子弹一样打动了各地人们的心,成功走向世界市场。

原子笔成名了,它的简便好用人尽皆知,接下来,美军将要赶赴欧洲战场,政府为每个战士配发了一支这种笔。雷诺因此发了大财,成为显赫一时的商人。

一个小小的创意,竟然带来如此巨大的经济效益,不能不让人惊叹广告创意的神奇作用。

创意一词是从英文中翻译而来的,它指的是一种创造性的思维活动,这种活动的主体是广告创作者,客体是广告活动本身。简单来说,广告创意就是以消费者心理为基础,通过一连串创造性思维活动,表达一定的广告目的,促使消费者购买的思想行为。

创意被广泛应用在广告主题创意、广告表现创意、广告媒体创意等各方面,有广义和狭义之分,狭义的创意是指广告主题之后的广告艺术创作与艺术构思,即创造性的广告表现;广义的创意主要指广告中所涉及的创造性思想、活动和领域的统称,几乎包含了广告活动的所有环节。

> 广告无法为一个人们不需要、不渴望拥有的产品塑造奇迹。但是,一位有技巧的广告人可以将产品原被忽略的特点表现出来,而激起人们拥有的欲望。
>
> ——广告大师李奥·贝纳

盛锡福三易牌匾——创意要求

广告创意并非漫无边际地"瞎想",而是有一定要求,这些要求可以归纳为四点,一,以广告主题为核心;二,首创性;三,实效性;四,通俗性。

解放前,上海有位商人开了一间帽子铺,经营各式帽子产品。开张之后,他在门前挂了这样一块牌匾,上面写道:

盛锡福/帽商/制作并出售帽子/收现钱

这块牌匾说明了帽子铺的名字,指出了主要经营业务,告诉消费者购货方式,非常全面周详。帽子铺老板望着牌匾,觉得十分满意。过了一天,有位朋友来访,帽子铺老板特意领着他观看门前的牌匾,并客气地说:"你看,这块牌匾怎么样?上面说的内容够详细吧。"朋友看了看,笑着说:"我认为帽商两个字多余了,你想,帽商不就是制作出售帽子吗?还用再重复一次吗?"帽子铺老板听了,仔细琢磨,觉得确实有道理,立即摘下牌匾去掉帽商两字。

又过了几天,另一位朋友来访,帽子铺老板再次向他征询:"你看我的牌匾怎么样?"这位朋友看了看,摇头说:"我觉得收现钱这几个字是多余的,哪个买帽子的人会赊账?你这样写反而让人感觉缺少人情味,还不如去掉呢!"

帽子铺老板又接受了他的意见,这样一来,牌匾的内容就变成了:

盛锡福/制作并出售帽子

这个招牌可谓简洁明了。可是过了一段时间,顾客上门购物时,其中一人又提出意见，他指着牌匾说："我们来买帽子，一般不会关心是谁制作的帽子，我看你的招牌里还是有多余的字。"老板站在招牌底下细细想来，决定去掉"制作并"三个字，只留下"盛锡福出售帽子"几个字。于是，一块更加简洁凝炼的招牌出现了，很快，上海人们都知道了一个盛锡福帽子铺，这个铺子专门出售礼帽。就这样，盛锡福名声远播，吸引了很多顾客。

事情并没有到此结束，当大批顾客上门购帽时，有一天，老板听到一位顾客说："店里的帽子当然是用来卖的，谁都知道老板不会白送，何必还要加上'出售帽子'几个赘词？"言者无心，听着有意，老板从几次改动牌匾中受到很大启发，他马上命人取下牌匾，又一次做了改动。这次，牌匾上只剩下三个字"盛锡福"。

就这样，盛锡福从几次易名当中获利匪浅，名声不胫而走，成为大上海滩的名牌货，而"盛锡福"也成了礼帽的代名词。

牌匾是商铺的广告牌，可以直接明了地宣传产品和商铺，对于它的创意设计，历来都是商家非常敏感的问题。盛锡福老板几次更换牌匾内容，在数次的修改中终于确定了最后的方案，成功打响了"盛锡福"的名号，可见广告创意的重要性。

广告创意时需要注重四点：

（1）以广告主题为核心。广告主题是广告创意的出发点和基础，只有把握主题，才能清晰明了地表达主题；同时，广告主题还是创意发挥的最基本题材，在此基础上,独特的创意才能发挥作用。(2)首创性。创意必须有自己独特的一面,这样才能产生强烈效果。(3)实效性。广告创意一定要认准一个目标,那就是为销售目的服务。(4)通俗性。创意应该简洁明了、通俗易懂,必须是大众能够轻松看懂的,这样才有助于进行广泛的传播。

拿2 000万元播广告,却只舍得拿10万元做一支广告片的企业不少,得不到好创意也就不足为怪。问题是这么做一点也不省钱。创意不突出,广告片就不突出。广告片不突出,就意味着不能引起消费者注意。同样的信息,口才好,一句话讲清;口才不好,50句都未必能讲清。

——广告策划人叶茂中:《创意就是力量》

亲手种一棵树——思维作用

一般来说，思维方式分为事实型和价值型两大类，前者的特点是，注重产品和观念本身，强调细节，往往从具体的分析中得出解决问题的办法。后者则是根据直觉、价值观和道德观等来认识事物，做出决定，注重各种观念的融合，因此更容易接纳变化、矛盾和冲突。

日本鹿儿岛有家观光饭店，名为"有元"，生意很好，旅客逐渐增多。这时，老板有心扩大经营，但是苦于空间狭窄，很难再图发展。

一天，老板站在旅馆窗前，望着后面光秃秃的土山，心想，如果有资金和能力开发这座土山，将来肯定获利很大。可是转念一想，耗费人力物力太大，开支甚巨，只好叹口气走开了。就这样一连多日，老板对此事念念不忘，经常站在土山前思虑重重。

这天，一个职员看到老板又站在那里，走过去问道："您是不是打算开发后面的土山？""对啊，"老板惊讶地说，"你怎么知道的？"职员微笑着说："我看您常常在这里叹气，觉得您一定有什么难题。我想，您是不是担心缺少资金开发土山？要是这样的话，我倒是有个办法。"

老板大喜，忙问："什么办法？请快快讲。"

职员说出了自己的想法，那就是登广告做宣传，凡来住店的旅客，都可以免费在土山上种一颗树做纪念，多种的话就要收费。老板听了，高兴地说："好主意，好主意。"

这样,他们立即投入广告设计,在各种媒体刊出广告,不久,消息传遍各地,很多游客都慕名前来,特别是新婚夫妇、毕业学生,最为踊跃,他们都想亲手种下一棵树,作为永久的纪念。

从此,住宿种树成为有元观光饭店的一项热门活动,不到一年时间,种树面积达到两万多坪,昔日秃山变成了红花绿叶相间、花香鸟语可闻的绿山。在此活动过程中,很多游客种下不止一棵树,他们有人种下两棵、三棵,甚至十几棵。一些游客还拿着自己植树的照片回去宣传,极大地提高了有元观光饭店的形象,使得他们的生意更加红火。有些游客还不时回来照看自己种下的树,一来二去,也为有元饭店带来不少生意。

这次活动,有元饭店除去花、树的种苗成本外,足足净赚了几千万日元,同时更是名声鹊起,游客趋之若鹜,纷至沓来,生意日益看好,还带动了整个地区的观光事业。

植树广告突破常规,获得成功,不能不感谢广告创意中思维的作用。

一般来说,思维方式分为事实型和价值型两大类,前者注重产品和观念本身,强调细节,往往从具体的分析中得出解决问题的办法。后者则是根据直觉、价值观和道德观等来认识事物,做出决定,注重各种观念的融合,因此更容易接纳变化、矛盾和冲突。

比较两者,事实型思维倾向于线性思维,喜欢事实和数字;而价值型思维容易接受新事物、新概念,有利于广告创意。在实际的广告创意过程中,则需要两种思维方式结合使用。比如,在创意之初,创意人员需要从自己掌握的信息入手,仔细审核创意纲要和营销、广告计划,研究市场、产品和竞争状态,了解消费者的各种情况,这时就应该倾向于事实型思维;随着创意进一步发展,创意人员就要摆脱事实束缚,发挥想象力,只有这样才能保证创意的新颖性,不会陷入窠臼之中。这时就倾向于价值型思维。

在创意发展过程中,思维方式有很多,其中,最受推崇的有头脑风暴法、垂直思考与水平思考法两种。

> 你不会发现一个成功的全球品牌,它不表达或不包括一种基本的人类情感。
>
> ——可口可乐公司 J.W·乔戈斯

安全别针——头脑风暴法

头脑风暴法是一种通过小型会议的组织形式，诱发集体智慧，相互启发灵感，最终激发创造性思维的程序方法。

1996 年，沃尔沃公司采用了安全别针的广告宣传，一举获得法国戛纳国家广告节平面广告金奖及全场大奖。说起这则广告的创意，还有一个故事。

汽车广告已经有多年历史了，其中不乏优秀经典的广告作品。当广告代理公司接到委托为著名的沃尔沃公司设计广告时，他们觉得这既是一个效益可观的差事，也是一个十分棘手的任务。要想有一个成功创意，必须付出比以往更多的努力。

创意工作开始了，创意人员深思苦想，多次提出不同的建议，可又被一次次否定了。不管从产品的质量也好，还是从消费者心理也罢，关于汽车的广告创意已经很多了，似乎没有什么新意了。有一天，几位创意人员下班回家，路过一条马路，发现前面挤满了人，他们走过去一看，原来发生了交通事故，两辆车撞到一起，其中一辆小汽车被撞得变了形，场面惨不忍睹。

这个场景深深地印在了创意人员们的脑海里，使他们久久不能安心。第二天，他们回到办公室，围坐下来讨论广告创意时，关于安全的想法挥之不去，使得他们围绕安全展开了广泛而深入的探讨。就在这次探讨会议上，他们确定了创意目标，他们激动地说："现在车辆这么多，安全是消费者关心的首要问题，何不从安全角度入手，创意一组广告呢？"

经过多次努力，他们设计完成了一组名为"安全别针"的广告，这副广告内容简单,在白底画纸上,一只弯曲成汽车轮廓的安全别针,居于视觉中央。画面右下角印有"VOLVO"字样。简洁的构图,直观的形象,对消费者产生强有力的影射力,也启发了消费者的想象,从而传播出这种车是最安全的轿车的信息。因此,这则广告推出后,很受公众欢迎。

这次广告创意采取的办法是典型的头脑风暴法。所谓头脑风暴法,又称智力激荡法、或自由思考法,由美国创造学家 A・F・奥斯本于 1939 年首次提出、1953 年正式发表。它是一种通过小型会议的组织形式,诱发集体智慧,相互启发灵感,最终激发创造性思维的程序方法。目前,此法包括奥斯本智力激励法、默写式智力激励法、卡片式智力激励法等等。

头脑风暴法在广告创意中应用很广,通过此法进行创意时,大体包括准备阶段、热身阶段、明确问题、重新表述问题、畅谈阶段、筛选阶段 6 个部分,其中,畅谈阶段是广告创意的核心阶段。

在实际广告创意中,头脑风暴法一般遵循几条原则:自由畅想,自由言论原则;禁止批评原则;创意越多越好原则;取长补短原则。

李奥・贝纳的芝加哥广告公司塑造了一些最令人难忘的广告人物,他们亲昵地将这些角色称为"尤物"。以下是有出生日期的几个经典角色:米其林轮胎的必比登(1895)、莫顿盐的小姑娘(1911)、消防熊(1949)、清洁先生 Mr. Clean(1957)、罗纳德・麦当劳叔叔(1966)。

——摘自《肥皂剧、性、香烟——美国广告 200 年经典范例》

废沫效应——水平思考法

水平思考法主张围绕特定的主题，离开固定的方向，突破原有的框架，朝着若干方向努力，是一种发散型思维方法。

意大利文艺复兴时期，发生了一件非常有趣的事：一代巨匠米开朗基罗的杰作《大卫》完成后，有人挑剔戴维的鼻子略高了点。大师没有与其就艺术进行争论，而是爽快地拿起工具雕凿起来，过一会，他将手心展开，里面是一堆废沫。提意见的人看了，高兴地夸赞说："修改后的大卫真是太完美了。"大师轻轻笑了，他说："其实，我手里的废沫不是从大卫的鼻子上刻下来的，而是我早就攥在手里的。"

米开朗基罗巧妙地修正的不是鼻子，而是人们的观念。这件事情后来广为流传，被人们称作"废沫效应"。在广告创意中，许多高明的广告大师利用"废沫效应"，创作了一连串不朽的作品。

上个世纪 50 年代，万宝路生产的第一种过滤嘴香烟，因为焦油和尼古丁含量都很低，与当时市场上的"骆驼"、"红光"、"帕尔·马尔"、"蔡司特菲尔德"等名牌香烟形成鲜明对比。根据这一特点，他们推出的广告"像五月天气一样柔和"，强调产品的独特性，消费群体锁定在女性。他们认为这样可以突出产品特色，与其他公司竞争。

然而,事情并非如此。万宝路香烟的销量一路下滑,根本无法与其他公司竞争。面对此困境,经理乔·卡尔曼亲赴芝加哥,向"创意广告"的三大代表人物之一的李奥·贝纳先生求教。李奥·贝纳热情地接待了乔·卡尔曼,并向他详细地询问了有关产品的情况。然后,他开始仔细分析原因,不久便得出这样一个答案:吸烟者中女性人数明显低于男性,消费量也很低,大多数吸烟的女性怀孕后会停止吸烟,即便生子后继续抽烟,也可能更换牌子,因此,女性市场容量有限,而且不稳定,这些因素决定万宝路销量不会太大。从这些判断中,李奥·贝纳总结说:"万宝路要想突破眼前困境,必须向男性烟发展。"

根据这一论点,李奥·贝纳亲自为万宝路重新设计了广告。这个广告的内容是在漫漫黄沙、万马奔腾中一个吸着万宝路香烟的粗犷牛仔。这样,万宝路一改往日面孔出现在人们眼前,很快打入男性烟市场。从1954年开始,随着系列广告攻势的展开,万宝路销量迅猛上升,到1975年便超过了云丝顿香烟,居于美国和世界的首位。

那么,万宝路的成功来自哪里呢?1987年,美国权威的统计杂志《福布斯》对1 546位万宝路爱好者进行调查,结果很多人一致表示,他们喜欢万宝路浓烈的烟味和令人身心愉快的感觉。就是说,他们完全是因为喜欢产品才去消费。可是,实际情况是怎样的呢?多年以来,万宝路的产品根本没有改变,依然是从前那种"像五月天气一样柔和"的产品,而所谓"烟味浓烈",只不过是广告中渲染强调的。浪漫而不羁的牛仔形象彻底改变了公众对万宝路固有的观念。

就这样,万宝路一路畅销,如今世界市场占有率高达25%,年销售3 000亿支之多,据美国《广告市场周刊》最保守的估计,万宝路牌至少能卖300亿美元。

伟大的广告创意改变了万宝路,也为世界带来一大奇迹。

万宝路广告中突破常规的创意,是水平思考法的体现。水平思考法是由英国心理学家爱德华·戴勃诺(Edward De Bone)最早提出。此种思考方法主张围绕特定的主题,离开固定的方向,突破原有的框架,朝着若干方向努力,是一种发散型思维方法。

平时,人们惯用的思考路线是垂直的,注重事物之间的逻辑关系,因此叫做垂直思考法。这种方法容易限制人的思路和视野,因此在广告创意中容易产生雷同现象,缺乏新意。而水平思考法的特点决定创意可以脱离逻辑性,展开想象,具有很强的发散性,所以比较适合广告创意。

在进行水平思考创意时,也有一定原则和要求。首先,需要找到人们常用的创意、表现方法等,从而可以有意识地摆脱它们的影响。其次,寻找多种观点和看法,并且有意地寻求这些观点和看法的反面,或者转移问题的焦点。然后,逐步摆脱旧意识、旧思想和旧观点,找出最新的问题和解决办法。最后,在思考过程中,往往出现偶然性的构思,顺着这些构思深入发掘,容易产生新的概念。

相似的产品在开发创意战略时,风格大致相同。利用广告词拓展和市场细分也解决不了问题。所有的创意都旨在说服别人为什么这种产品好于其他产品,因而尽量使自己显得有权威、果断、具有竞争力。BBDO 公司很清楚地知道不能进行理性推销。我们认为广告实际上是消费者与品牌的一次接触。我们很谨慎小心地使这一次接触尽可能愉快、温暖、富于人情味,而从营销战略的角度看还很恰当。

——BBDO 公司董事长、总裁和前任创意指导艾伦·罗森基

绝对完美的伏特加——大创意

所谓大创意，即 big idea，中文表达是"大创意"或"好的创意"。这是最近几年提出的关于创意概念的新说法。分为寻找大创意、实现大创意两个过程。

20 世纪 70 年代,生产伏特加酒的瑞典卡瑞龙公司一直想打开美国市场的大门,可是形势不容乐观。当时的美国人不习惯饮用伏特加,他们常常把伏特加和橙汁、西红柿汁等混合起来饮用,美国的伏特加年销量仅 4 000 万箱。更为要命的是,99% 的美国人喝国产伏特加,只有 1% 市场属于进口产品。

这 1% 的市场也不能让卡瑞龙公司安心,毕竟多年来人们一贯认为只有俄罗斯才能生产纯正的伏特加,至于瑞典,美国没有几人把他们和伏特加联系起来。而且,绝对牌伏特加也没有什么特色,它的瓶子难看,品牌怪异。面对如此不利局势,卡瑞龙公司却不肯死心,他们有自己的想法,绝对牌伏特加与消费者印象中的伏特加不同,人们不理解它,是因为人们不知道它。看来,现在只有一条路可走了,那就是用强劲的广告宣传让人们认识它,了解它。

卡瑞龙公司选定了广告代理商 TBWA 公司,请他们为绝对牌伏特加进军美国市场制订广告策略。这是一个艰巨的任务,TBWA 公司不敢怠慢,派出精兵强将负责这次策划工作。其中核心人物是一对很有经验的搭档:创意总监吉奥夫·海斯(Geoff Hayes)与文案格莱汉姆·特纳(Graham Turner)。

两人立即投入紧张的策划之中,很快,他们提出了突出产地瑞典的广告创意。因为瑞典有着 400 年的伏特加生产历史,这可以证明产品质量。根据这个创意,他们很快找到了与之相关的广告内容,一个正在洗热水澡的瑞典人。原来,在美国人印象中,瑞典的概念是比较空白的,提起瑞典,他们最多想到的就是热水桶澡、沃尔沃汽车,或者像英格丽·褒曼那样高个儿的金发美女。

看着新创作出来的画面,海斯和格纳有些失望,觉得它很难体现绝对牌伏特加的质量。两人继续讨论起来,海斯说:"'绝对'只有与最高档次的产品相对,才能突出自己的质量,现在最高级的伏特加来自俄罗斯,我们只强调瑞典,离题太远了。"格纳回应道:"对啊,瑞典在美国人的印象中简直就是空白,很多人恐怕不知道瑞典这个词怎么写。他们很可能会把瑞典与其他以 Sw 开头的国家如斯威士兰(Swaziland)和瑞士(Swiss)等混淆。"

谈论多时,两人一致否定了原来的创意,决定以一种"'绝对'伏特加是市场上最好的伏特加"这样的概念去创意。当然,他们清楚面临的困难,"绝对"伏特加虽说质量最棒,价格最高,可实在毫无特点可言,究竟该如何创意,真是个难题。

这天是创意提案上交的最后一天了,要是没有其他好创意,就只能把洗热水澡的创意交上去了。傍晚时分,海斯还没有想出什么来,他只好带着工作赶回家去。夜晚降临,吃过晚饭的海斯坐在电视机前,一边看电视一边画着草图。画着画着,纸上出现了一个瓶子,接着,他又在上面绕上一个光环,海斯望着自己随意画出的图案,心里突然一亮,他在这副简单的作品下面写道:这就是绝对的完美(This is Absolute Perfection)。写完之后,他觉得心情异样激动,似乎摆在眼前的难题一下子解决了。

第二天,海斯匆匆忙忙赶到公司,将自己的作品交给格纳说:"你看,这是不是绝对完美的作品?"格纳接过画作,立即兴奋地说:"太好了,绝对完美。"说完,他拿起笔,删去标题中多余的文字,只留下绝对完美(Absolute Perfection)两个字。

这时,所有创意人员都走过来,他们看着这副画作,无不表示道:"这比热水澡创意强多了。"受此启发,他们展开想象,5 分钟内竟然想出了 10 个创意,形成了一个系列的广告。

广告推出后,简洁的标题和光环瓶子引起人们极大兴趣和注意,特别是"绝对××"系列的标题,一语双关地表明了产品的某种特点,从而将产品的独特性传达给人们。而且,与视觉关联的广告语能引起人们无穷的联想,赋予广告一种独特和奇妙的魅力。

寻找独特创意并予以实施,是整个创意过程中最艰苦、最耗时的工作,同时也是收获最大的时刻。广告人员需要完成两项任务,一、寻找大创意;二、实现大创意。

首先,寻找大创意是一种心智检索的过程,是一种艺术家行为。这是说广

155

告人员在撰写文案或设计美术作品前,应该先在头脑中形成广告的大致模样,这个环节就叫做"形象化过程",是广告创意的第一步,也是最重要的一步。

其次,寻找到了大创意之后,创意人员应该抓住时机,实现大创意。这个过程就是通过文字、图像、音响等符号将信息塑造完整的传播形态,以打动受众的心灵与感情的过程。同时,这些符号不仅要单纯地传播信息,还要营造氛围,构成整体感,给人愉悦感。

TBWA:是安历琴(Ommicom)集团旗下的著名跨国广告公司。它成立于1970 年,是由特拉格斯(Tragos)、邦那内奇(Bonnange)、威森丹杰(Wiesendanger)及阿杰罗戴(Ajroldi)4 个来自不同国家、不同背景和具有不同经验的广告人组成的广告公司。TBWA 之名就是来自由这 4 位创始人名字的首字母组合。1995 年与安历琴旗下的 Chiat/Day 广告公司合并,全称为 TBWA Chiat/Day。目前,TBWA 的分公司遍布全球 63 个国家,设有 137 个办事处,全球员工达 5300 人。全球总营业额为 65 亿美元。

伯乐一顾，身价十倍
——名人效应

根据名人行业不同，他们做的广告也有分类，包括文艺名人广告、体育名人广告、历史名人广告、虚拟名人广告等。

《战国策·燕策二》记载：战国时，苏代说淳于髡，谓人有告伯乐曰，臣有骏马欲卖，连三旦立于市，人莫与言；愿子一顾之，请献一朝之费。伯乐乃环而视之，去而顾之，一旦而马价十倍。

这个故事的大意是：战国时期，苏代对淳于髡讲了一件事，他说有个卖骏马的人，虽然卖的是一群健壮善跑的骏马，却在市场上停了三天竟无人问津。这个人想来想去，决定去找善于识别骏马的伯乐。请伯乐到他卖的马群旁边，绕着马群转一圈，临走还返回头看看，表现出恋恋不舍的样子。这个人表示只要伯乐照他的话做了，他就把一个早上赚的钱全部送给伯乐。伯乐照他说的做了，结果，那批无人问津的马，价格一下子提高了十倍。

这种利用名人推销商品的事情屡有发生，也广泛出现在广告宣传活动中。有一年，因主演《佐罗》而风靡世界的法国电影明星阿兰·德隆到日本访问，这件事引起了日本洛腾口香糖公司的经理辛格浩的密切重视。辛格浩是个精明人，此时，他公司的"洛腾口香糖"销售疲软，资金周转不灵。他想，阿兰·德龙是世界名人，深受日本观众喜爱，要是抓住机会，让他为自己的产品宣传一下，岂不是可以促

进销售？想到这里,他立即派人四处活动,想方设法邀请阿兰·德隆来厂参观。

经过各方努力,阿兰·德龙果真接受了邀请,决定到洛腾口香糖厂参观。这天,全厂张灯结彩,十分热闹,一派节日气氛。辛格浩率领公司首脑人物站在厂门口恭候欢迎,热忱周到。阿兰·德龙来了,辛格浩热情地接待着,与他寒暄闲聊。当然,他不会忘记自己的目的,为此,他早就做了充分安排,让五六个怀揣微型录音机的职员充当接待人员,叮嘱他们不离阿兰·德隆左右,同时,他还花高价聘请了录像师把参观的全过程都拍摄下来。

就这样,阿兰·德隆跟着接待人员参观配料车间、压制车间,随后来到了包装车间。在这里,接待人员按照事先安排的程序请阿兰·德隆品尝巧克力。盛情难却,阿兰·德隆将一块巧克力放进嘴里,醇香的口味让他非常满意,随口说道:"我没想到日本也有这么棒的巧克力……"。这句话一经出口,顿时令在场的接待人员喜出望外,他们终于录下了一句至关重要的话。

晚上,日本电视台播出了洛腾口香糖的广告,只见阿兰·德隆笑眯眯地尝了一小块巧克力口香糖,嚼着说道:"我没想到日本也有这么棒的巧克力……"。广告播出的同时,成千上万的阿兰·德隆迷像疯了一般,旋即迷上了洛腾口香糖,他们争先恐后地购买这种巧克力口香糖。很快,所有商店的"洛腾口香糖"都脱销了,库存也一扫而光。

请名人做广告已经是非常普及的现象,这抓住了人们信任名人的心理,从而构成了一种重要的广告文化现象——名人广告文化。

当今社会,是一个名人崇拜的时代,人们关心名人,喜欢名人,模仿名人,追随名人的所作所为。因此,无数厂商通过名人来说服消费者,让他们选购使用自己的产品。根据名人行业不同,他们做的广告也有分类,包括文艺名人广告、体育名人广告、历史名人广告、虚拟名人广告等。

进行名人广告策划时,需要注意几点:名人形象与品牌形象是否一致;名人形象是否过于分散;名人形象是否已破坏;名人是否喧宾夺主;目标顾客对名人的认知度;名人广告的真实性;构建名人广告风险防范机制;符合法律法规。

> 与其说李施德林制造了漱口剂,不如说他制造了口臭。或者,用广告术语来说,你出售的不是产品而是需要。
>
> ——詹姆斯·B·特威切尔:《震撼世界的20例广告》

诺贝尔的炸药——科技广告说服

科学技术的发展日新月异,但是普通的消费者不可能对所有的科学技术都了解。因此,在广告中,注重产品的科技性能,并且多采用先进的科技手段、策略,是一种非常好的宣传手段。

诺贝尔是伟大的科学家,他创建了自己的工厂,发明了雷管,使硝化甘油成为一种可以付诸使用的炸药,因此名扬四海。然而,正当他的事业蒸蒸日上之时,问题出现了:由于硝化甘油在运输贮存中不断发生爆炸事故,人们对它产生恐惧心理,简直是谈炸药色变,一时间,各国政府明令禁止使用和贮存硝化甘油。这样,诺贝尔的事业陷入了危机当中。

面对危机,诺贝尔没有放弃,他又一次钻进实验室,开始发明安全可靠的炸药产品。很快,他有了新的成果,用一种产于德国北部的吸附力强、化学性能稳定的硅藻土作为吸附物,制成固体炸药。经过多次试验,诺贝尔得出结论,这种固体炸药性能稳定,比硝酸甘油安全多了,完全可以放心使用。

可是,人们想起一次次硝酸甘油爆炸事件,依然心有余悸,不敢使用固体炸药。为了推广自己的产品,诺贝尔想出了一个主意。1867 年,他开始向人们亲自表演使用固体炸药,证明它的安全性。7 月 14 日,诺贝尔宣布在英国的一个矿山做表演试验,为了得到公众认可,他还特地邀请了企业界的很多要人。表演开始了,诺贝尔将 10 磅固体炸药放在木柴上点燃,随后从 60 公尺高的崖上将它扔下,在火烧和撞击下,10 磅炸药没有爆炸,而是安全无恙。这一下,足可以说明固体炸药的安全性能了。

炸药虽然安全,但是爆炸威力怎么样?诺贝尔继续进行着试验,他将炸药装进 15 公尺的深洞里,用引爆剂引爆,只听晴天霹雳一声巨响,山洞内碎石乱飞,尘土高扬,真是威力无比。

透过这次试验,人们看到了固体炸药的安全性能和爆炸威力,从而打消了原先的顾虑。诺贝尔这次表演成了一次特殊的广告,消息不胫而走,短短几年时间,固体炸药的销量猛增,也改变了人们的生活。

诺贝尔透过试验成功宣传了自己的炸药产品,在这里,他的试验起到了科技广告说服的作用。所谓科技广告说服,指的是透过展现产品的科技性能,或者透过科学的手段进行的广告。

科学技术的发展日新月异,但是普通的消费者不可能对所有的科学技术都了解。因此,在广告中,注重产品的科技性能,并且多采用先进的科技手段、策略,透过科学说服,让消费者认为广告中宣传的东西是科学的时候,他们就会心甘情愿地接受广告。

当然,科技说服中需要注意一点,这就是避免利用科技说服进行虚假广告。由于人们对科学的崇拜心理,有些广告会制造一些模糊的科技概念,借机销售产品,这些都是广告人需要注意并避免的。

> 如果我看上去有点像一只兔子,那是因为我这 22 年一直不停地用鼻子嗅我自己以及我遇到的任何一个人。
> ——曾负责李施德林广告 22 年之久的乔顿·西格鲁威(Gordon Seagrove)

越个性越时尚——时尚说服

时尚具有一个显著特色，这就是它是被人为创造出来的。这种特性决定了它在广告文化中的价值，一旦人们认为广告宣传的内容是时尚的，它们就容易被接受。

迪塞尔服装提倡简朴开放，独具个性。其中的牛仔服大多用水洗布做成，看上去很旧，有些上面还有破洞。这种服装，自然招来一片非议，人们对此不肯认同。但是，正是由于与众不同，也获得了部分人的喜欢，这些人就是那些追求年轻、时尚的年轻人。在他们的支持下，迪塞尔的服装还是有销路的。

1991年，迪塞尔准备在全球开展广告活动，扩大产品销量，提升企业形象。接受广告设计任务的广告人名叫罗素，他通过调查分析，决定采取一种惊世骇俗和幽默的广告创意，来体现迪塞尔的特色，与当时大部分服装广告宣传的"舒适、漂亮"之类的老套语言形成强烈对比。在此理念指导下，他创作了一连串广告，这些内容采用说反话、讽刺与幽默的手法，而且总是不让人那么容易就看懂的表现形式，内容却涉及同性恋、非洲难民等所有全球问题，甚至拿宗教开玩笑。这样，广告语"为了活得成功"很快深入年轻人心中,正符合他们一边表达着对这个世界的质疑,一边又开心地做出一些超乎常规的举动的时尚行为。

通过这些广告,罗素和他的广告公司获得了很多奖项,迪塞尔也成功实现了品牌目标。现在,迪塞尔几乎每年都要设计推出 50 款新颖、富有创意的牛仔服。迪塞尔男女款休闲装,已经成为年轻人时尚的追求。

迪塞尔广告充分体现了时尚的说服能力。什么是时尚? 可以说,它是人们赋予自己的一种追求权利,是一种示范形式。

时尚具有一个显著特色,这就是它是被人为创造出来的。这种特性决定了它在广告文化中的价值,一旦人们认为广告宣传的内容是时尚的,它们就容易被接受。所以,广告宣传中时尚策略的应用非常常见。这是因为,人们普遍具有模仿和从众的心理,这种心理对于追求时尚起了重要作用。

> 当我创作广告正文时我一直在考虑读者,我会不停地问自己:我说清楚没有? 他会有什么顾虑? 我说的东西有趣吗? 如此种种。
>
> ——智威汤逊广告公司文案,詹姆斯·韦伯·扬

皇帝赐名——情感说服

不管商品和品牌的价值如何，它们本身并不具有情感，但是，广告可以赋予它们一定的情感因素，使他们更加接近消费者。

1 200 多年前，正值盛唐之际，唐玄宗李隆基宠爱杨贵妃，"春霄苦短日高起，从此君王不早朝"。长期沉迷于酒色之中，他的身体日渐衰弱，面色虚黄，四肢倦怠。尽管太医用尽良方，效果依然不好。这天，有位太医上奏道："臣东游，出商雒，闻伏牛山中一老翁，140 余岁，有子女 54 人，长子已 123 岁，而幼女年方 2 岁。"

唐玄宗闻奏大奇，连忙下诏召见老翁。老翁奉诏见驾，顿令唐玄宗大开眼界。只见这位老翁乌发童颜，举止若壮年，如神人一般。唐玄宗询问其中原因，老翁答道："草民采百花之精，万药之神，五眼泉之水酿造美酒，常饮所致。"

随后，老翁将酒献给唐玄宗。玄宗接过美酒，赏赐了老翁。接下来，他日日饮用此酒，不多时间，精力大增，体力充沛，似乎年轻了几十岁。唐玄宗大喜，赐酒名"养生酒"，赐老翁为"长寿翁"。

从此，养生酒的秘方流传下来，代代沿袭使用，千余载来，从未断绝流失。

与上述故事相似的还有一段传说：刘伶是个有名的酒鬼，他整天狂喝滥饮，昏昏沉沉。有一天，刘伶告诉他老婆，自己要戒酒了，但怕戒不掉，需要备酒置菜，祭告神祖，在神祖监督下戒除。老婆很高兴，连忙为他准备酒菜、香烛。

刘伶焚香点烛，摆好酒菜，跪在神祖面前磕头说："天生刘伶，以酒为名，一饮一斛，五斗解醒，妇人之言，慎不可听。"祭毕，就在祭坛前痛饮大醉。

刘伶的妻子这才恍然明白,刘伶不可能戒酒了,由他去吧。

从此,刘伶专心寻访名酒,以痛饮大醉为乐事。一天,他听人说酒仙杜康造酒极佳,便亲自上门赊酤。杜康告诫他说:"此酒力特强不可多饮,如果致醉,非三年不醒。"

刘伶不服气,拿回家一顿狂饮,结果烂醉如泥。他老婆以为他醉死了,含泪把他埋了。三年后,杜康来到刘家,要收刘伶赊欠的酒账。刘伶的妻子又哭又闹,诉说丈夫醉死的事情。杜康摇头说:"挖开墓穴,一切自然明了。"

等到墓穴挖开,露出棺材,杜康一把抓住刘伶喊道:"还我酒账。"刘伶连声说着:"好酒、好酒,"慢慢苏醒过来。他如数还清杜康的酒钱,两人成为至交好友。从此,"刘伶饮杜康,一醉睡三年"的传说也就流传开来。

上面这两个故事其实都是广告的内容,这种以故事情节为核心设计的广告,通过丰富有趣的情节打动消费者,调动他们的情感投入。这就是广告文化中情感说服的一种方式。

情感是一种自然的生物现象,更是一种高雅的文化现象,是最容易打动人的一种说服方法,也是广告中经常采用的一种方式。商品和品牌本身并不具有情感,但广告可以赋予它们一定的情感因素,他们更加接近消费者。同时,在诉诸于情感说服的同时,要注意情理结合,说理和制造情感双管齐下,才能达到应有的效果。

volkswagen 的广告在广告史上是独一无二的,它的口吻、风格、智慧和不同寻常,这么多年来被模仿、抄袭、复制、改造等,但从来没有哪个广告像它那样赢得那么多关注与尊敬。大众甲壳虫车的"想想小的好"广告挑战了人类贪得无厌的本性,使得甲壳虫这种比较丑的车型竟然成为最成功的进口车型,其广告策略也成为永远改变广告历史的案例。

——《广告时代》的评论

大西洋缩小了——联想策略

逻辑策略是指在广告创意过程中，运用概念、判断、推理这一套逻辑思维方法，有理有据地论证广告商品的优点、长处，让广告对象以自己的逻辑思维作出合理的判断。

以色列有家航空公司,准备引进喷气式飞机,为旅客提供更快更好的服务。为了扩大影响,吸引消费者,他们决定推出广告宣传自己。

当时,喷气式飞机刚刚上市,它的飞行速度远远超过了以往飞机的速度,极大地缩短了来往于世界各地的时间。而且根据试验发现,从美国跨越大西洋飞往伦敦的时间缩短了20%。在策划广告时,以色列航空公司想到了这一点,他们讨论认为:"人们乘坐飞机就是为了节约时间,现在,喷气式飞机飞得更快了,我们应该在广告中强调这一点。"可是,如果直白地告诉人们喷气式飞机的优点,会不会缺乏吸引力?

鉴于此,有人提出了这样的建议:"我们何不反其道而行之,先告诉人们大西洋将要缩小20%,这一点一定会吸引很多人注意。"

这一说法立即引起了大家的关注,大家议论纷纷,有人说:"对啊,缩短20%的时间不就等于大西洋缩小了20%么。"有人说:"这个创意新颖,人们肯定对大西洋即将缩小感兴趣。"经过讨论分析,最后,一则这样的广告问世了:"自 12 月 23 日起,大西洋将缩小 20%。"

广告推出后,果然影响巨大,人们纷纷疑惑:"大西洋真的要缩小吗? 这是什么原因造成的?"在这样的思索和追问之下,答案出来了,因为喷气式飞机速度加快,使距离相对缩短。面对这个答案,人们在释怀之际,自然十分深刻地记住了以色列航空公司,记住了他们即将采用喷气式飞机,并且很想乘坐喷气式飞机飞跃大西洋,体验快速飞行的感觉。

以色列航空公司采取由果及因策略,引导人们展开联想的方法,在广告创意中经常见到。与他们相似进行广告宣传的案例很多,拜高杀虫剂就曾经推出过这样一则广告。广告设计非常简单,画面上没有文案,没有说明,只有厨房门口露出的一只手,外加一个产品标识。这个简单的画面却含着丰富的内涵,因为露出的手不是普通的手,而是蜘蛛侠的手。

这则广告是著名广告公司 BBDO 策划的。2002 年,好莱坞大片《蜘蛛侠》在全球狂卖,掀起一股强烈的"蜘蛛侠"旋风。BBDO 当然不会错过这一时机,他们为拜高创意了这一广告,并在杂志、户外广告等多种媒体大量推出。结果,效果十分明显,2003 年,拜高取得了全球第一的销量,成功成为全球家用杀虫剂的第一品牌。

这两个广告都巧妙地运用了联想策略,使人们通过给出的事物展开联想,进而思索,从而达到预期宣传效果。在广告实战中,联想策略包括正向推理的表现、逆向推理的表现。

正向推理的广告创意表现通常基于如下逻辑:拥有了该品牌的产品或服务,就会出现什么样的好的局面。具体运用正向推理时,还可以分为两种表现思路:由因及果和由果及因,即正是因为用了某产品或某服务,才出现了好的结果,以及之所以出现了好的结果是因为用了某产品或某服务。

逆向推理与正向推理的广告创意相反,它基于如下逻辑:不购买或使用某产品或服务,就会出现什么坏的局面。与正面推理相似,反向推理也有两种表现思路:由因及果和由果及因,即正是因为没有使用某产品或某服务,就出现了坏的结果,以及之所以出现了不好的结果是因为没有使用某产品或某服务。

夏洛特·比尔斯(Charlotte Beers)

著名的"品牌制造皇后"、前奥美广告公司的首席执行官,曾经是全球最大广告公司智威汤逊广告公司的董事长。《财富》评选出的 7 位世界上最有权力的女人之一。

他在说谎——夸张创意

夸张策略的使用要点是，通过把对象的特点和个性中的某个方面加以夸大，通过把对象的特点和个性中的某一方面加以夸大，赋予一种新奇的变化，使产品的特征更加鲜明、突出。

广告创意形形色色，无奇不有，20 世纪 80 年代中期，日本五十铃在美国推出了一个电视广告，这个广告引起强烈回响，轰动一时。

当时，五十铃委托的广告公司分析认为，眼下汽车广告已经非常多，车业竞争激烈，如果按照习惯，以注重产品性能或者强调舒适性等等推出广告，很难引起强烈回响，效果不会太好。那么，应该怎么样在密不透风的车业广告中找到一席之地，凸显自我特色呢？

经过长时间探讨研究，五十铃确定了一个方案，这就是反其道而行之，即将推出的广告既不宣传自家产品的好处，也不强调公司的信任度，而是以自嘲自贬方式演出广告。为此，他们邀请滑稽艺人戴维·里特扮演广告片中的主角，名叫"五十铃约瑟"，外号"吹牛皮大王"。

这则广告内容很简单：戴维·里特饰演的"吹牛皮大王"出场了，他说："五十铃房车被汽车杂志权威评为汽车大王。"话音一落，他不见了，屏幕上只有一行醒目的字：他在说谎！接着，戴维·里特又出来了，他说："五十铃房车最高时速可达 300 英里。"字幕再次打出：他在说谎！戴维·里特又冒出来了："五十铃房车经销商非富即贵，因此，他们把它贱卖，只售美金 9 元整。"又一行字幕：他在说谎！戴维·里特第四次站出来，说："假如你明天来看看五十铃的话，你可得到一栋房子作赠品。"字幕同样快速地打出：他在说谎！最后，里特摇头晃脑为自己辩白说："我绝不会说谎，绝不是吹牛皮的人。"字幕毫不客气地打出：他在说谎！

就是这样一则内容简单的广告，由于风格滑稽，创意独特，采取了一般人不敢采用的夸张手法，从而一举成功，造成轰动效应得到《广告时代》周刊的好评，为五十铃在美国的销售带来了前所未有的效果，后来还被评为 1980 年代美国经典广告创意之一。

广告中运用夸张是常用的创意手法，在这里，适当的夸张不是吹牛，而是刺激，因为刺激，人们才会产生兴趣，进而产生购买的冲动。夸张策略的使用要点是，通过把对象的特点和个性中的某个方面加以夸大，赋予一种新奇的变化，使产品的特征更加鲜明、突出。

夸张手法可以应用在广告创意中的方方面面，既可以用在突出产品质量上，也可以用在表现形式上，还可以体现某种服务的过人之处。在广告中，常用的夸张手法包括扩大型夸张、缩小型夸张和关系型夸张。

消费者认为广告夸张一点没有什么大不了的……他们认为广告毫无疑问都是有偏见的，总要让自己的产品看起来具有吸引力。

——哈佛大学广告学教授尼尔·伯顿

爱上美国土豆——本土策略

本土化策略就是根据目标市场的国家和地区的特点，采用有针对性的广告策略，制作具有不同广告诉求、广告创意和广告表现手法的广告作品。

俗话说"习惯成自然"，若改变人们的习惯，也必须采取"外因通过内因"起变化的招法，让消费者自自然然听你的指挥。美国人就曾经巧妙地运用了本土化策略，使得日本人爱上了美国土豆。

美国人注意到，日本出口到美国的产品逐年增多，而美国出口到日本的产品数量却在下降，这一贸易逆差使经济发达的美国人十分不满，不少美国企业暗下决心，打算进军日本，扭转这种贸易逆差现象。

一家美国食品公司率先登陆日本，打响了这次战役。这是食品业的名流——奥里伊达食品公司，他们的目标是：让日本人把美国土豆当成日常食品。可是，让他们大感头疼的是，日本人根本不爱吃土豆，对美国土豆更没有什么感情可言。看来，要想让日本人吃美国土豆，首先要改变他们的饮食习惯，让他们爱上吃土豆。这可是个棘手问题，怎么样改变日本人呢？

奥里伊达公司经过仔细研究分析，找到了一个突破口。这就是日本人普遍具有崇尚欧美的心理，对欧美的产品、公司抱有认同感。根据这一点，奥里伊达公司制订了一连串广告宣传，他们把土豆肉末饼说成是奥里伊达产品，并把它列入麦当劳快餐的早餐菜单，大力宣扬。日本人十分崇尚奥里伊达公司和它的产品，现在听说他们的餐单里有土豆，于是纷纷效仿，去超级市场购买土豆，并模仿奥里伊达公司的做法食用土豆。

经过长时间的宣传之后,越来越多的日本人开始食用土豆。对此,一家杂志还进行了调查,结果显示有 10% 的日本人认为土豆是早餐中不可缺少的食品。

美国各大公司透过把握日本人心理而进行的广告创意活动,是本土化策略的成功运用。

所谓本土化策略,就是广告创意时,根据目标市场的国家和地区的特点,采用有针对性的广告策略,制作具有不同广告诉求、广告创意和广告表现手法的广告作品。不同的国家和地区都有各自独特的文化传承,尽管如今世界文化交流频繁,可文化的交流并未达到充分的融合,消费者还无法完全理解和接受外来的文化。所以,在广告创作时尊重各国文化的特异性,遵从各地人们的心理特色,是产品进军国外市场所必须做的工作。

WPP 集团:成立于 1985 年 5 月 9 日,总部设在英国,经营线缆与塑料产品(Wire & Plastic Products),1987 年和 1989 年相继并购了智威汤逊和奥美两家全球著名的广告公司。现在 WPP 集团的收入中,非广告部分和广告部分几乎各占一半。它的事业有 40% 在美国、40% 在欧洲,另外 20% 在亚太和拉丁美洲。集团拥有极强的研究事业。在世界上拥有 40 家不同传播专业的公司,在 83 个国家,有 784 间办公室。

请不要喝完我们的啤酒
——幽默创意

幽默策略可以将产品信息巧妙传递，是一种非常有用的创意手法。 在运用幽默策略时，一定要注意针对适合的产品，并与广告目的紧密配合，才能达到有效传递的效果。

法国的克隆堡啤酒要出口到美国,如何让美国人对法国啤酒感兴趣,成为法国人最为关心的问题。克隆堡啤酒于是委托广告人员创作广告,为销售做宣传。

法国的广告人员经过研究分析,认为要想让外国人接受一种新产品,最好的办法就是找到认同感,让他们从广告中有所享受。而美国人喜欢幽默,要是从这一点入手,是不是可以更轻松更准确地获得美国人对法国啤酒的好感呢?

于是,一连串幽默风趣的广告用语诞生了,它们有的这样说:"法国的阿尔萨斯(克隆堡啤酒的产地)人十分惋惜地宣告珍贵的克隆堡啤酒正在源源不断地流向美国",有的这样说:"阿尔萨斯人诚恳地要求美国人不要喝完我们的克隆堡啤酒",还有的是:"阿尔萨斯真舍不得让克隆堡啤酒离开他们"。这些语言十分适合美国人的胃口,让他们在幽默中感受到法国啤酒的优良质量,真是巧妙到位。

结合广告用语,广告人员还设计了电视广告文案,这些画面也是充满幽默情调:当法国人在看到克隆堡啤酒装上卡车向美国驶去时,男女老少悲伤落泪,一副不忍之态。

当广告人员将这些幽默诙谐的广告创意呈交上去时,获得了一致认可。不久,美国电视上相继推出了这些广告。由于广告手法的幽默诙谐动人,美国人果真很快喜爱上法国克隆堡啤酒。其实,在广告实战中,运用幽默策略的案例很多,特别是在欧美国家,这样的广告可谓遍地都是:

有一个杂志往全国各地寄发了大量订阅单,待订阅终止日期,收回率却不是很高,于是他们又进行了一次全国性的征订。这次在征订单上画了一幅漫画:负责此项订阅工作的小姐因为没收到贵公司订阅的回音,正在伤心哭泣。

美国芝加哥一家美容院的广告牌上写道:"不要对刚刚从我们这里出来的姑娘使眼色,她很可能是您的奶奶!"瑞士旅游公司的广告牌上写着:"还不快去阿尔卑斯山玩玩,六千年后这山就没了。"

由于西方国家车祸多,到处都有警告司机的大牌子。美国伊利诺斯州有一个十字路口旁的牌子上写道:"开慢点吧,我们已经忙不过来了!"署名是:"棺材铺。"

从上面这些幽默的广告语言中,我们可以领略到幽默创意的种种妙处。实际上,幽默策略就是将产品信息巧妙传递的一种手法。它能有效地吸引到观众的注意力,能透彻地点明事物的本质和核心,并且还会给观众留下悠长的回味余地。但运用幽默策略时,广告商品必须是适合的产品,而且所用的幽默必须与广告诉求点紧密相扣,并能够有效传递,这样,健康、幽默的情节才能够真正打动消费者。

减速10 公里——恐惧诉求

将恐惧作为创意概念运用在广告创作中，用可以危害人的健康、安全等状况的事例，来引起人们的注意，或者引起人们的害怕、担忧、焦虑等情绪，会提升广告的说服力，其最终的目的是为了销售商品或传达特定的广告信息。

在广告实践中,恐惧创意经常用于戒烟、拒绝毒品、保护环境、维护和平等公益广告,广告通过一定的表现方式来使受众与所处的现实状况产生联想,产生心理恐惧感,进而希望受众改变自己的行为。

国外一个著名的交通安全广告是"阁下驾驶汽车,时速不超过 30 英里,可以欣赏到本市的美丽景色;超过 60 英里,请到法庭做客;超过 80 英里,请光顾本市设备最新的医院;上了 100 英里,祝您安息吧!"

第 45 届戛纳国际广告节获奖作品之"减速 10 公里"篇采用的恐惧创意是通过真实情景的再现来警示人们要注意交通安全。情节如下:

一个行人走在车道,有一辆汽车疾驶而来。车祸过程。刹车声、撞击声,行人被车撞得在空中翻滚,重重地落到地面上。

在一家医院的手术室里。一位外科医生对着镜头讲话:"我是一名外科医生。我要重新表述当人体被速度为每小时 70 英里的汽车刹车时撞倒,在不到 2/10 秒的时间里.人体会变得怎样。第一次打击将发生在每小时 46 英里左右。"

随着外科医生描述着人体发生的情况,事故被用慢镜头重放了一遍。

"缓冲器撞碎了膝关节,撕碎肌肉和韧带。头部的重量撞碎了挡风玻璃。脖子断了。头颅碎了。脑浆迸裂,在 2/10 秒的时间里身体会撞击路面。有 70% 的可能会丧命。"

另一个行人横穿马路,一辆车尖叫着刹了车。

"如果你是从每小时 60 英里,而不是 70 英里的速度刹车,你有可能会及时停下来。想想吧!"

字幕:"每小时速度降低 10 英里,就会挽救许多人的生命。TAC(电视咨询委员会)"。

心理学中关于说服理论的研究表明,在各种诉诸于人们情感的说服力量中,恐惧唤起是最容易促使说服对象采取某种行为或改变其不良行为的方法。广告研究也表明,引起消费者的恐惧是使其改变某种不良行为,或采取广告主所期望的某种行为的一种有效方法。这则公益广告就是利用了恐惧的创意手法,使人们在感到恐惧的同时引起人们的思考,进而改变人们的不良行为。

恐惧诉求是促使人们接受广告信息的一种行之有效的方式。它一般都会有比较强的影响力,因为人类会本能地趋利避害。恐惧诉求起作用的原理在于,人们会因为你的警告联想到如果不遵从广告信息会带来的可怕后果,正是基于这样的心理机制人们才更愿意听从广告中提出的劝说。

　　运用恐惧诉求方式的广告一般具有以下三个特点:一是比较强的吸引力,容易引起受众的关注;二是较强的干扰力,因其自身的独特性更受关注,从而对竞争者产生较强干扰力;三是适度的刺激,强度太小无法引起注意,但太大又会吓跑受众,因此好的广告一定会选择一个适当的刺激度,才能达到效果。

> 　　消费者希望和自己喜欢的公司打交道,如果他们喜欢我们,他们就可能在商店里尝试我们的产品。这主意多好。有时,受人爱戴本身就是一种战略。
> 　　——Hal Rainey 伙伴广告公司的史蒂夫·斯韦策(Steve Swetizer)

"我和我的卡文之间
什么都沒有"——性感广告

现代广告在其进程中，自始至终体现和充满了一种对性的兴趣，广告的独特性在"性"的领域正在开辟一片天地，许多广告人相信，善于在广告中运用"性"能增强广告的吸引力。

成功的广告不仅会用创意给人们带来前所未有的震撼，还能在社会中形成话题效应，为广告主带来巨大的销售。要做到这一点很不容易，1995 年卡文·克莱恩（Calvin Klein）的广告也产生了这种轰动效应：不仅各种大众媒体都对它议论纷纷，各行各业以及各种消费者团体也在谈论它，甚至连联邦调查局（FBI）也介入了对广告主的调查。事件的起因则是卡文·克莱恩公司的牛仔服系列广告。

CK 是品牌创始人卡文·克莱恩 1968 年创办的，主要经营高级时装、高级成衣和牛仔服三大品牌，同时还是以青年人为消费对象的时髦牛仔服的倡导者。20 世纪 70 年代后期，CK 推出全新的牛仔装系列，旨在向人们提供经过精心设计的、能够支付得起的牛仔服。CK 聘请年轻的模特布鲁克·西德丝（Brook Shields）代言，这位漂亮宝贝在电视广告上说出卡文·克莱恩那句最有名的广告语："我和我的卡文之间什么都没有！"极具挑逗性的话语把性感与 CK 牛仔裤联系起来，赋予牛仔裤新的定义，将这种从不登大雅之堂的粗纹布变成了性感的符号。该广告极大地刺激了牛仔服的销售量。1981 年，卡文·克莱恩公司继续自己的性感路线，聘请年轻美貌的明星如波姬·小丝、凯特·莫丝

（Kate Moss）等拍摄广告。在广告中，这些线条迷人的女影星们都身穿卡文·克莱恩的贴身牛仔裤，并极富挑逗性地对消费者说："你知道我和我的卡文·克莱恩之间有什么吗？什么都没有！"广告迷住了成千上万的年轻人，产生了难以抵御的诱惑力。CK 牛仔服也逐渐流行开来，在此之前牛仔服从未受到过如此礼遇。年轻人喜欢这种充满野性和风情的服装，甚至连一些大明星都愿意尝试。在 CK 的大胆带动下，许多其他国际一线品牌也都相继推出它们的牛仔系列。CK 的广告成为标志性事件。

其实，卡文·克莱恩的广告一贯都带有一些性的色彩，这些特点几乎成为品牌的一部分了。每次刊发这些广告都会引起争议。到 1995 年，新的广告描绘了一群青年男女参加广告模特或电影角色选拔的场面，广告中的演员看上去就十几岁，他们摆出各种带暗示性的脱衣服的姿势，画外音是一位年长男人提问的声音，问题都具有挑逗性。虽然没有裸体镜头，但有些镜头却露出了模特的内裤。广告的风格与布景令人想起 20 世纪 70 年代那些地下室放映的低劣色情电影。这组广告令人感到有些过分，招来各方面的投诉：许多教会和家庭团体扬言要把经销卡文·克莱恩产品的百货店包围起来；还有一名纽约市议员呼吁大家抵制所有产品；一些媒介主管因为是否接受广告争论不休；业界专家对广告提出了尖锐的批评；卡文·克莱恩自己的零售商则请求公司撤回这组广告。

广告批评家鲍勃·加菲尔德(Bob Garfield)曾撰文指出,卡文·克莱恩在过去的 15 年中就经常跨越庄重、体面的界限,但这次,他完全为社会所不容了:"他已经越过了常理,越过了制造兴奋所必需的手段,越过了我们的道德意识认定的文明界限。"但也有人捍卫卡文·克莱恩的权利。例如《学院山独立报》(College Hill Independent)的玛亚·施托维(Maya Stowe)指出,许多广告都含有性意味,与之相比,卡文·克莱恩的广告要诚实得多。她说:"人们并不会因为希望自己看起来像广告中的模特而去购买牛仔服,他们会因为广告充满活力,独特或帅气而去购买。""他的广告既直率,又具有讽刺意味,它们一边给人们的审美下定义,一边又对我们生活中媒介的作用提出了疑问。""毕竟",她说,"如果你是卡文·克莱恩,你也可以时不时地让人不舒服一下。"

不可否认的是,卡文·克莱恩不仅是时装界深具远见的人,也是营销界的天才。他用备受争议的广告引起了人们广泛的关注,因为广告中总是出现裸体、炫耀的性感展示,使用过于年轻的甚至未到青春期的模特等。但是,这些因素并没有最终伤及他成功的销售,卡文·克莱恩已经成为时装界最负盛名的品牌之一。

佛洛伊德认为,性对于人的思想和行为有着重要作用,基于这一点,广告中运用性感策略成为越来越受关注的话题。由于传统观念的影响,人们往往把性与色情和败坏的道德联系起来,对广告中使用性诉求或性感手法持反对态度。然而,性作为人类永恒的主题,被恰当合理地运用到广告中是合情合理的,而且很多时候会起到不错的效果。

1982 年美国戴维·里斯曼提出了性感广告的四大分类:功能性性感广告、想象性性感广告、象征意义的性感广告、性感暗示广告。这四类广告各具特色,适用于不同产品。比如,功能性性感广告一般用于男女个人用品,如内衣、内裤、剃须刀、领带、长筒袜等;象征意义的性感广告多用于化妆品、珠宝等。

> 我坚信一流的感情才能组成一流的广告。所以,我们每次都刻意在广告作品中注入强烈的感情,让消费者看后忘不了、丢不开。
>
> ——罗宾斯基

最易开启的罐头
——最省力原则

所谓简洁，指的是广告创意必须简单明了，纯真质朴、切中主题，才能使人过目不忘，印象深刻。 如果刻意追求创意表现的情节化，面面俱到，必然使广告信息模糊不清。

美国罐头食品业为了打开销路，打算请广告公司为其录制一部30秒钟的电视广告片，为此，多家广告公司前去应选，希望获得这部广告片的创作权力。

各家广告公司各显身手，创意策划了不同的广告片，并且一一呈报上去。结果，在这些广告片中，有一部特别引人注目，这个广告的内容是一个女机器人坐在一个富有未来主义色彩的躺椅上慢慢旋转，忽然手指一动，在空中转动的罐头就被打开了，摆在3000年飞向木星的一艘宇宙飞船的餐桌上。整个过程画面新奇独特，科技意味浓厚，情节有趣而富有启发性，不仅孩子看得津津有味，就是成人看了，也被其巧妙的构思深深吸引。这个广告是旧金山的凯彻姆广告公司设计的，凭借此，他击败了六七家名牌广告公司，成功入选为美国罐头食品业的代理广告商。

广告史上还有一个著名案例，也同样体现出广告中简洁省力原则。1960年，一个雷诺汽车的地方经销商打电话向广告大师乔治·路易斯求救，要他帮助出清几台汽车，以便让1961年的新车型上市销售。经销商说："我需要一个绝佳的销售创意——你知道人们喜欢打折货,我打算降价300美元,但必须使它更诱人些。"乔治·路易斯说:"我可以为你做一个'受损雷诺车减价拍卖'的广告。"很快,他买了六卷胶布,在每辆雷诺汽车上至少贴了三道,并贴出一则小广告,广告中说:"这些雷诺车上有些从显微镜里才能看到的刮痕,如今被胶布盖住了,如果您能从胶布下面发现刮痕,每发现一处将降价100美元把这辆车卖给您。"

广告在星期五刊登出来。到了周末,雷诺的展示中心挤满了人,他们在每块胶布下偷看,想检查出几乎看不见的"刮痕",他们知道这每一条胶布可以让他们少付100美元,如此一来因为这些他们看不到的刮痕而省下多达300美元。于是,人们开始抢购雷诺汽车,经销商不得不担心其他经销商可能也在雷诺汽车上贴胶布。周末晚上,所有1960年款的雷诺汽车都被抢购一空。整个广告活动的费用不过六盒胶布和一则四寸宽的小广告。

凯彻姆广告公司能够入选,在于他们的广告设计抓住了一个特点,这就是广告插图通过"阅读最省力原则"来吸引读者的注意力。由他们创意设计的广告片简洁明了,看一眼比不看它也费不了多大的劲,却能够一下子记住其中的主题内容因此一举获胜。

这就是广告创意中的简洁原则。所谓简洁,指的是广告创意必须简单明了,纯真质朴、切中主题,才能使人过目不忘,印象深刻。如果刻意追求创意表现的情节化,面面俱到,必然使广告信息模糊不清。可以说,最简单的创意往往是最能打动消费者的创意。

神童与啤酒——媒体战略

媒体战略要从媒体组合、目标市场覆盖面、地理覆盖面、时间安排、到达率和接触频率、创意和情绪、弹性、预算几方面去考虑。

在布鲁塞尔,小便神童的故事家喻户晓,这个故事讲述的是:17世纪末,法国企图把布鲁塞尔纳入自己的统治之下。他们出动大批军队,向布鲁塞尔疯狂进攻,但是,每次都被英勇的布鲁塞尔人民击退。经过几次较量,法国损失惨重,他们恼羞成怒,孤注一掷,决定炸毁布鲁塞尔的城墙。此时,布鲁塞尔市民和将士们沉浸在胜利的喜悦中,丝毫没有注意到法军的恶毒计划。他们放松了警惕,晚上一个个呼呼大睡。法军趁机潜到城下,安放炸药,点燃导火索。就在这千钧一发之际,一个家住城墙边的小男孩突然从屋里跑出来,原来他想尿尿。等他扯开裤子正准备撒尿时,猛然看见墙脚下有一条亮闪闪的火光,还吱吱地响着,顺着火光看过去,竟是一大堆炸药。小男孩急中生智,忙把尿撒在导火线上浇灭了火焰,随后,赶紧跑回去喊醒大人们。大人们一听,一个个从床上跳起,拿刀抓枪投入到战斗中。在他们奋勇拼搏下,法军彻底失败了,布鲁塞尔得救了。人们不忘小男孩,一致要求市长授予他奖章,并为他塑像,以纪念他的救城之举。

就这样,在布鲁塞尔中心广场上,一个赤身裸体、正在撒尿的小男孩的塑像落成了,它成为布鲁塞尔的象征,小男孩成为布鲁塞尔人们心目中的英雄。

事过多年,布鲁塞尔啤酒厂在进行一次广告策划时,想到了小男孩塑像,他们大胆地推出了一个计划,这个计划就是从某日某时起,闻名于世的小男孩塑像将要"尿"出他们的啤酒,请大家到时前往免费品尝。广告一打出,立即引起轰动,整个布鲁塞尔沸腾了,人们奔走议论,兴高采烈地前往中心广场,去品尝神童"尿"出的啤酒。

结果,神童塑像前排起长长的队伍,人们带着杯子,欣喜地看着神童塑像排泄出的啤酒,一个个笑逐颜开,喜气洋洋。

啤酒厂将这个活动延续七天,七天内,他们每天灌入 400 公升啤酒,代替塑像以前喷出的自来水。经此一举,啤酒厂名声大振,获得与神童齐名的地位。

这是一次不可思议的广告活动,这次广告活动吸引市民的并不是免费的啤酒,而是神童。在这里,神童成为一种特殊的媒体发挥了至关重要的作用。那么,在创意策划中,媒体战略要从哪些方面去考虑呢?

媒体战略要从媒体组合、目标市场覆盖面、地理覆盖面、时间安排、到达率和接触频率、创意和情绪、弹性、预算等方面去考虑。上面故事中的广告在目标市场覆盖面和时间安排方面就考虑得非常准确到位。

目标市场覆盖面指的是广告在某种媒体发布,这种媒体可能影响到的目标受众人数。通常,广告策划都要选择那种覆盖面广,目标受众人群多的媒体。

时间安排,指的是合理安排广告时间,使之达到最佳宣传效果。一般来说,广告时间安排有连续式、间歇式和脉动式三种方法。连续式就是在一种媒体连续刊出广告;间歇式则是间断性刊出;脉动式就是前两种方法的结合。

> 对于人类的适当研究主要针对男人,但是对于市场的适当研究主要针对女人。
>
> ——美国一家广告公司如此认为(出自《肥皂剧、性、香烟——美国广告200 年经典范例》)

厕所广告——新媒体

由于每一媒体都有其独特的优势，因此，通过媒体组合，营销人员能在提高到达总体沟通和营销目标可能性的同时，增大了覆盖面、到达率和接触频率水平。

理查德是美国史迪威广告公司的创始人。有一天，他在上厕所时无意发现厕所四周的墙壁上空空如也，职业习惯促使他产生了一种惋惜的感觉。要知道，对于广告来说，利用好每一寸空间都可以起到很好的作用。他想：厕所是人们不得不光顾的地方，要是在这里出现任何广告，肯定都会引起人们关注。

于是，他开始游说客户，鼓励他们把广告贴到厕所里去。他强调厕所对于人们的必不可少性，还有费用低廉的特点。这时，恰好有一家航空公司的负责人得到讯息，他同意将广告贴到厕所里。理查德非常高兴，立即联系合适的厕所。他找来找去，觉得在超市厕所张贴广告性价比更合适，就同一家超市的负责人洽谈。超市负责人没想到厕所还能为自己带来财富，真是大喜过望，立刻同他签订了合同。

联系就绪,理查德亲自设计了一副优雅、整齐的广告。在这些广告贴到厕所内后,果真吸引了不少人,很多客户还主动上门,让理查德为他们办理厕所广告。

理查德开发利用了一种新媒体,这是他对广告业的一大贡献。那么,媒体战略中,新媒体会发挥哪些方面的长处呢?

1. 丰富媒体组合。作为不同的媒体,各有各的优势,这样,采用媒体组合这种方式,就可以扩大宣传影响,增强宣传效果,争取到更多消费者。所以,新媒体的开发和利用,是广告业一项重要工作,可以丰富媒体组合。

2. 扩大接触人群。新媒体具有与老媒体不同之处,可以从新途径、以新方式接触目标人群,从而扩大消费者群体。

3. 提供更多选择,节约预算开支。在广告媒体战略中,广告主们必须考虑的重要问题还有成本估算。人们无不希望通过最低成本运作将广告信息最大限度传播出去。这里,不同媒体之间存在着非常大的成本差距,有些媒体价格低廉,有些媒体价格昂贵。怎么样选择合适的媒体?广告主们一致认为,只有提供较多媒体,才能有所比较,有所选择,并最终做出决定,节约不必要的媒体开支。

> 博报堂:日本最古老的第二大广告公司,由 Itironao Seki 于 1895 年 10 月创立,开始以代理教学杂志广告为主。博报堂的图书广告业务在 1928 年达到高峰,营业收入高居业界之冠,每月营业额达 60 万至 80 万日元。1960 年,博报堂进军国际市场,首先引进美式业务专员(AE)制度,接着设立纽约分公司,并与灵狮(Lintas)建立了合作关系。

1000万只鸡蛋
上的广告——媒体选择

有效的媒体战略需要一定的弹性。 由于营销环境是迅速变化的，所以，战略也要相应变动。 如果所制定的计划缺乏灵活变动的余地，就可能错过良好的机会或者公司可能无力迎接新的挑战。

这是一个充满硝烟的广告大战故事,故事的主人公是两家国际上鼎鼎大名的公司——美国柯达公司和日本富士公司。

事情追溯到19世纪80年代,当时,柯达公司刚刚成立,创建人是一位普通的银行职员,创业之后,经过一百多年时间几代人的苦心经营,发展成为世界上最大的摄影器材生产公司,占据着无人敢与争锋的地位。

就在柯达一步步走向巅峰的过程中,日本一家公司也在快速发展着,这家公司就是富士公司,他们创建时间只有几十年,但是发展迅猛,直追柯达公司,并成为仅次于柯达公司的世界第二大摄影器材公司。从此,两家公司之间为了争夺市场,持续不断的广告大战就变得更加激烈了。

1984年,美国洛杉矶举办奥运会,日本富士公司抓住时机,与柯达展开一搏,这次竞争的核心问题就是争夺奥运会指定产品的专用权。柯达公司也许过于自信,他们竟然失去了在自家门口的大好机会,让富士以700万美元的价格夺取了专用权。这下,富士完全可以放开手脚,在美国大干一场了,他们公开表示,要让各国的运动员和观众时时处处都能见到"富士"品牌标志。果然,他们倾尽全力展开了强大的奥

运攻势。奥运期间,美国各地"富士"的品牌标志铺天盖地,各奥运服务中心里,日冲洗1 300筒底片的设备每日不间断地运行,在大会期间冲洗底片胶卷20万个。

柯达公司眼睁睁看着富士公司在自家后院成功施展拳脚,却无力还击,因此他们痛心地认为:这是一次刻骨铭心的失败。而富士公司凭借这一战,一举进入了原来固若金汤的美国市场,给柯达公司带来极大冲击,声望一下子超过了柯达,获得了行业内从来没有过的高地位。

面对惨败,柯达公司痛心疾首,发誓要报这一箭之仇。于是,他们制订了针对富士的广告宣传战略,并悄悄地实施着。不久,柯达公司与以色列耶路撒冷的一家禽蛋公司签订了一份合约,双方约定用1 000万只鸡蛋做广告。这可是从来没有过的事情,人们都很奇怪,如何在鸡蛋上做广告?

原来,这是柯达公司的一记奇招,长期以来,他们在南美的市场总是打不开,敌不过日本的"富士"。但是,他们发现以色列的鸡蛋在南美洲各国十分畅销,因此,他们决定利用这个契机,与以色列出口鸡蛋的公司约定,在其出口到南美洲的鸡蛋上印"柯达"彩色底片的品牌,然后运到南美各国销售。要知道,几乎人人都喜欢吃鸡蛋,在吃鸡蛋前必然会看见鸡蛋壳上所印刷的广告,或起码在买鸡蛋时看见它,这样,广告自然会被人记住了。当然,柯达公司要为此付费,价格是给这家公司 500 万美元。这家公司一听,自然乐不可支,因为这就等于他们平时每个鸡蛋只售 0.1 美元,现在可卖 0.5 美元,升值 4 倍。柯达公司此举也是十分合算,因为他们以 500 万美元的广告宣传,成功打入了南美市场,冲击了富士。

其实,在广告实战中,如何选择有效的媒体战略,具有一定的弹性,可以从下面几方面加以考虑。

(1)根据市场选择媒体。比如新媒体的开发,就是一种机会。

(2)根据竞争者变动媒体战略。为了获取优势,竞争者往往会变更媒体战略,这时,必须做出积极应对措施,广告才有可能成功。

(3)根据实际情况选择媒体。有时候某种媒体是无法运用的,或者无法体现广告的目的;还有些时候,媒体的改变也要求媒体选择必须进行一定改变,比如,电视的普及,为广告开辟了很多新机会。

约翰·卡普莱斯(John Caples)

　　广告文案创作的奇才,一生从事广告业将近 60 年,他以科学的方法测度广告成效。他的广告测试的方法奠定了广告量化学派的理论,几乎是现在网络广告中跟踪研究客户理念的鼻祖。

反规则游戏——市场区隔

消费者在年龄、性别、受教育程度、经济收入的差异都会导致媒体接触、认知、需要与动机等心理活动的差异，并最终在广告效果上体现出来。

众所周知，妈妈们一贯反对孩子沉迷游戏，不知学习，因此总是对各大游戏公司报以怨恨、反对的态度。可是最近，日本游戏公司任天堂的游戏机 Wii 登陆美国时，却一反常态，将橄榄枝伸向了那些长久以来的宿敌——妈妈们。

然而，妈妈们会不会接受任天堂的"好意"呢？任天堂可不是等闲之辈，他们料到了可能出现的问题，因此提前策划设计了一段精彩的广告宣传活动。

2006 年，美国上演了一部喜剧，名字就叫《超妈》，反响比较热烈。当时，超妈已经成为受过优秀教育、拥有日理万机的本事、热衷科技产品并经常上网分享经验的母亲的代名词。于是，任天堂在美国贴出寻找超妈的广告。很快，不少超妈们汇集到任天堂门下，并且每人发动了 35 位家庭主妇，在任天堂公司安排下，前往好莱坞最负盛名的夏特蒙特酒店（Chateau Marmont Hotel），进行第一手的 Wii 游戏体验。

接着，任天堂在美国各大城市——波士顿、芝加哥、丹佛、迈阿密、旧金山、堪萨斯、得克萨斯陆续推出此类活动。超妈们在体验中认识了产品，一致认为这款产品不仅仅是个人娱乐，还适合家庭娱乐，因此非常赞同。她们说："我们平时没有太多娱乐，一直努力想制造和谐家庭氛围，现在，这款游戏可以满足我们的需求了，它既维系家庭的关系，又给自己增加美好的心情。"有些超妈还说：

"不仅如此，游戏还可以成为邻里之间交流的话题，或者几个妈妈们一起玩，也加强了彼此的关系呢。"

有了超妈们的支持，任天堂的 Wii 游戏自然赢得良好口碑，一时间，美国各地的家长会上、足球看台上、街坊四邻之间，只要有妈妈在场的地方，总会听到关于 Wii 游戏的事情。这样一来，不仅口碑传播出去了，而且还很容易地争取到了握有购买权的妈妈们的认同。她们不再抵制反对游戏，而是十分高兴、积极地购买 Wii 游戏，并参与其中，形成一股新的游戏热潮。

结果，任天堂依靠这种办法大获成功，取得了当年度游戏产品销售佳绩。他们的广告故事也引起各大广告公司关注，成为一个典型案例。

任天堂为了突破消费者的心理防御，在了解目标消费群体的基础上，针对性地进行广告宣传，这是他们获得成功的关键。在实际广告传播中，消费者的构成是非常复杂的，消费者的年龄、性别、受教育程度、经济收入的差异，以及他们对于媒体接触、认知、需要与动机等心理活动的差异，都会影响到广告效果。如何对他们进行科学分析，并做出准确的广告策略，是一件非常重要的事情。

一般情况下，按人口统计学特征进行市场区隔是常用的方法。进行市场区隔时，应该从消费者的生活方式和心理特征、购买行为的理性参与程度、品牌的选择策略、购买商品的原因和使用商品的原因、经常性的信息来源等多方面综合参考。只有真正了解消费者，才能做出优秀的广告，才能达到预期的说服目的。

> 之所以有那么多人在批评指责广告，就因为它"什么都不是"。广告不是新闻、不是教育、不是娱乐——尽管它常常扮演上述三种角色。
>
> ——福康贝尔丁公司（FCB）总裁及美国广告公司协会主席约翰·奥图尔（John Toole）

上帝和波得——广告策划

广告策划就是根据广告主的营销策略，按照一定的程序对广告活动的总体战略进行前瞻性规划的活动。

香港有一家保险公司,准备进行一次广告投放活动,如何使得广告能够吸引人呢? 他们请广告公司设计了这样一份投放广告。

广告宣传册上,讲述了一个寓言故事,内容为:彼得梦见与上帝在一起散步,路上印出了两双脚印,一双是他的,一双是上帝的。但当走过一段路后,展示在他后面的脚印却只剩下了一双,而这正是他一生中最消沉、悲哀的岁月。

彼得问上帝:"主啊! 你答应过我,只要我跟随你,你会永远扶持我,可是在我最艰苦的时候,你为什么却弃我而去?"

上帝答道:"孩子,我并没有离你而去,当时你发生了困难,我把你抱在怀中,所以,只有一双脚印。"

这时,故事急转直下,结尾的最后一句话,道出了保险公司的广告主题:

"当你走向坎坷的人生之路时,本公司愿陪伴着你。当你遇到不测之时,本公司愿助你渡过难关。"

这个寓言广告的策划是相当有创新性的,下面,让我们看一看什么是广告策划,它具有哪些特点。

首先,广告策划是一个内涵丰富的概念,有广义和狭义之分。广义的广告策划指的是从广告角度对企业市场营销管理进行系统整合和策划的全过程。狭义的广告策划则是把广告策划看成是整个广告活动中的一个环节。

广告策划不同于一般计划,具有自己独特的特点:

(1) 广告策划是一项战略性活动。广告策划是对企业市场进行系统整合和策划的过程,因此,策划者必须站得高,看得远,从战略角度出发,才能进行科学有效的策划。

(2) 广告策划是一项全局性活动。广告策划对广告计划、广告执行具有统领指导作用,因此广告策划者必须尽量全面地考虑到一切因素,除了常规预见到的问题外,还要考虑到突发问题。

(3) 广告策划具有策略性。简单地说,广告策划就是决定"做什么,如何做"的问题,是一种战略计划,体现着策略性。

(4) 广告策划具有创新性。创新是保证广告吸引消费者的关键之一,在广告策划中,必须从广告定位、广告语言、广告表现、广告媒体等各个方面进行创造性思维,找出与人不同之处,才能保证策划成功。

> 品牌核心价值是可以兼容多个具体产品的价值主张。广告诉求可以是心理层面的也可以是物理层面的东西。而品牌核心价值必须是彻底的精神和文化层面的。广告诉求可以随着时间的改变而改变,而核心价值则是一个恒定不变的因素。它是品牌的灵魂,它决定了品牌的内容并渗透到品牌的每一个方面。
>
> ——广告策划人叶茂中:《创意就是权力》

本月最佳水果——广告策划内容

广告策划是对整个广告活动进行全面的策划，其内容千头万绪，主要包括市场分析、广告目标、广告定位、广告创意表现、广告媒介、广告预算、广告实施计划以及广告效果评估与监控等内容的策划。

美国人占姆·路易斯是个年轻人,他每天的工作就是推着车在芝加哥住宅区叫卖水果,尽管他十分努力,但只能勉强挣够一家七口的生活之需。有一天,他出去采购货物,路过一家书店时,偶然看见一张大广告牌子,上面用鲜亮的颜色写着:"每月新书,今天发售。"牌子上面还贴着这本新书的封面和封底。

占姆·路易斯被这个广告牌子吸引住了,他好奇地走进去,看到不少人都在翻阅这本书,有好些人只是随便翻翻,便把那本书买下来,他忍不住问那个售书的姑娘:"这本新书今天销出了多少?"姑娘回答:"180 多本。"他很吃惊,这可不是个小数目,180 多本能够盈利不少呢。看着他困惑的表情,姑娘继续说:"顾客大都爱好新奇,所以新出版的书往往是畅销的,除非那本书的内容实在差劲。"

这件事给占姆留下了深刻印象,他琢磨着:看来物品必须新奇才会畅销。要是我也有办法满足顾客的好奇心理,不是也能销出去更多水果吗? 在这种想法左右下,他每次去水果公司采购时,重要关注一下有没有新奇的水果供应。这天,他突然发现在储存库的角落里放着 20 多箱澳洲的青苹果。因为美国人平日很少买青苹果吃,所以它们就坐在"冷板凳"上了。

占姆灵机一动,以低廉的价钱把那20多箱青苹果全买了,准备冒一次险。回到家里,他把那些青苹果刷得非常光亮,然后用白色软纸仔细包好,在车子上堆得很美观,再用鲜明的颜色写了几个很大的广告牌:"竭诚推荐本月最佳水果,澳洲青苹果!"

又在旁边用红笔加上两行"皮薄肉脆,水分特多"的宣传词句。

说也奇怪,他的宣传果然奏效,很快便卖了好几箱,不到半天,居然把20多箱青苹果全部卖完,还需要补货。在那个月内,他用这个办法卖出了2 600箱青苹果,售价竟然比其他苹果贵得多。

得利于此道,此后占姆的生意越做越红火,成为了美国18家水果公司的所有者。

占姆的策划虽然简单,却非常有效。实际上,广告策划是一个复杂而精细的过程。

广告策划是对整个广告活动进行全面的策划,其内容千头万绪,主要包括市场分析、广告目标、广告定位、广告创意表现、广告媒介、广告预算、广告实施计划以及广告效果评估与监控等内容的策划。这些内容彼此间密切联系,相互影响又相互制约。

市场分析是广告策划和创意的基础,经过科学的分析,确定广告目标,明确广告要达到的目的,进而进行广告定位。准确的定位有利于消费者接受广告信息,也可以帮助广告策划者进行下一步的创意活动,找出最佳创意表现。广告表现直接关系到广告作品的优劣,是整个策划过程的关键所在。同时,广告表现也是由决策进入实施的阶段,即广告的设计制作。设计制作分为媒介选择和规划、广告预算、广告实施计划几个步骤。制作完毕,广告投放后,还要进行效果评估与监控。

"一位杰出的广告人必须懂得心理学。对此懂得越多越好。他必须了解某种特定效果会导致某种特定反应,并运用这一知识来改善结果及避免错误。今天的人性与恺撒时代的人性是一样的。所以,心理学的规律同样适用。"

——著名广告人克劳德·霍普金斯(Claude Hopkins),1926 年

小恺撒的《训练营地》
——广告策划原则

广告策划应该遵循目的性、整体性、效益性、集中性、操作性等原则。

　　小恺撒是一家比萨饭店,创建于 1959 年 5 月,经过 12 年的发展,到 1971 年时,已经拥有了 100 家连锁店。1974 年,它为了开展买一送一的销售概念,开始推出一连串广告宣传活动。1979 年,"比萨!比萨!"的广告口号首次使用,并很快叫响。1995 年,小恺撒连锁店在全国范围内引入送货上门服务。

　　从开店之日,小恺撒就设计了一个标志性人物形象——小恺撒,这个形象几经变革,在广告宣传中发挥着重要地位。他穿着宽大的参议员外袍,脚踏便

鞋,头戴传统的罗马政治家的月桂树枝花环,手持长矛,矛尖上插着一个比萨,特别醒目。随着广告宣传不断深入,这个形象也渐入人心。

1995年,小恺撒引入送货上门服务项目之际,花费了1 000万美元的高价进行广告宣传。这次宣传非同小可,他们委托了克里福·福利曼与伙伴公司代理,广告公司根据业务内容摄制了一组著名的广告,名字叫《训练营地》。

《训练营地》讲述了小恺撒培养训练服务人员的过程,对新的送货服务项目推崇备至。训练从如何进入顾客的家开始,在教官严厉指导下,一部分服务生练习敲门方法,这包括打门铃、扣门环和用手敲门。随着教官不停地发出指令:"门铃,门环,手敲;门铃,门环,手敲……"服务生快速地不停地变换着敲门方法。一部分在教员的指导下练习进门姿势,他们跟着教员的喊话,迈上台阶,迈下台阶,迈上台阶,迈下台阶,周而复始,一刻不停。还有部分人在练习发音,努力学着标准的口音说:"比萨!比萨!"这时,戏剧性的一幕出现了,有位胖服务生尽管努力着,却总是发音不准,教员走过去,伸出手来捏住胖子的脸颊帮他发音。

当然,这只是训练的一部分内容,接下来他们还要接受其他严格的训练,比如练习如何托着比萨用脚将车门关上;在模拟的门前台阶上练习端比萨的上举动作;过草坪时,为了不让比萨被喷枪弄湿而将盒子高高举过头顶等等。

当服务生们的训练基本达标时,教员们并不满意,而是加大了训练难度,有时候用机器狗追逐他们,有时候要求他们在台阶上不停地跳动……总之,整个《训练营地》都在告诉人们,小恺撒要训练出最棒的服务生来为顾客送货上门。

这组《训练营地》成为克里福·福利曼的代表作之一,也是长期代理小恺撒业务中最有名的作品。它赢得了诸多奖项,除了1996年戛纳国际广告节影视金狮奖外,还是美国《广告周刊》的"最佳20个广告运动"之一、美国艾迪奖的获得者。

《小恺撒》的广告策划体现出科学有效的特色,同时,也为我们提出了一个新问题,这就是进行广告策划还应该遵守哪些原则。

(1) 目的性原则。广告宣传是有目的的活动,所以,进行广告策划时也要把目的性放在首位。这不但表现在广告策划必须按照确切目标进行,还体现在策划工作要按照确切目标提出工作进程,细分任务。

(2) 整体性原则。广告策划是系统工程,每一个环节都是彼此关联、互相影响的,一旦失去全局把握,就不能和谐有效地发挥作用。

(3) 有效性原则。根据广告的目的性要求,广告宣传应该带来一定效果,通常是利益效果,这就要求策划工作考虑到投入费用,尽量减少浪费。

(4) 操作性原则。广告策划包含实施部分,为了有效实施,策划必须符合市场环境,与现实条件不相违背,这样才能保证广告运动的有效展开。

克里福·福利曼:美国《广告时代》广告世纪"最佳100人"之一。他在亚特兰大开始涉足广告业,1970年加入了纽约 Dancer Fitzgerald Sample 公司,创作了诸多经典的广告作品。1987年福利曼开设了自己的广告公司,为小恺撒创意了系列以"比萨!比萨!"为口号的广告作品。

Ketchum 的努力——策划程序

广告策划是遵照一定的步骤和程序进行运作的系统工程。分为准备阶段、调研阶段、战略规划阶段、策略思考阶段、制订文本阶段和实施与总结阶段六大部分。

日本本田公司决定推出日式豪华汽车时,为了确保产品销售顺利,除了设置完善的销售网络外,还对广告代理商进行精挑细选。他们希望选中的代理商能够将公司的形象打造得最好。

16 家广告公司参与了竞选,经过紧张的初赛,只有 6 家进入复试阶段。复试以后,只剩下了 3 家,代理权将由其中一家获得。

这 3 家广告公司中有一家叫做 Ketchum,作为著名广告公司,自然深知其中厉害,所以,他们为了获得代理权,开始了一番精心准备工作,设计了三个广告活动方案。可是,这些方案呈交上去以后,全部没有被采用。这可真是巨大的打击,公司上下十分沮丧。但是总裁很乐观,他说:"为了制作广告,你们不遗余力前往日本做调研工作,这种精神十分可贵,不管能否取得代理权,我们都将购买 20 辆新车,作为对你们的奖励。"

这番话传到了本田公司领导耳中,他召集部下商讨认为:Ketchum 公司做事认真,态度积极,而且对新产品怀有极大兴趣,凭这一点,完全可以将代理权交给他们。相信他们一定会设计制作出精彩的广告,有力推动新产品销售。

于是,本该淘汰的 Ketchum 公司获得了代理权,他们不负所望,在更加深入细致了解产品,分析市场的基础上,接连设计制作了好几个十分成功的广告。

第一个大的商业广告被称为"疯狂的德国人。"这则广告画面由一个著名的德国钟塔、日耳曼音乐和汽车驶来的声音组成。它表明日本汽车正在向欧洲高档车下战书。会议室内一个男人"砰"的一声将他的咖啡杯放到杯托上,操着德国口音宣布,这只是时间早晚的问题。

还有一个广告令人难忘,这个广告名为"玻璃墙",内容是一辆日本豪华双门跑车迅疾驶入,骤然停在一座用玻璃和大理石装饰的办公楼前,强劲的动力将玻璃墙震碎,虽然飞落的碎片经过电影特技处理没有溅到人行道上来,但它的威力震慑了所有人。

另外,Ketchum 公司还为本田公司的新产品设计了品牌标志,提出"精湛工艺打造卓越性能"的广告口号,极大地提高了新产品的地位和形象,为日式豪华车进军欧洲成功地掀开了历史的新一页。

Ketchum 广告公司能够从激烈的竞争中脱颖而出,在于他们认真负责的调研工作,那么,调研工作在广告策划程序中处于什么位置? 广告策划的一般程序又是如何呢?

广告策划一般有以下六个阶段:

(1)成立广告策划专组的准备阶段;(2)进行市场调查,搜集、整理相关材料的调查研究阶段;(3)制订广告战略目标和广告战略的战略规划阶段;(4)根据产品、市场及广告特征提出合理的媒介组合策略、其他传播策略等策略思考阶段;(5)编制策划书,明确广告运作的时间、空间、费用等所有内容的文本创作阶段;(6)实施发布广告内容及评估阶段。

墙上的金币——广告设计

广告设计是以加强销售为目的所做的设计。 也就是奠基在广告学与设计上面，来替产品、品牌、活动等等做广告。

1983 年，美国一个厂商生产了一种叫做"超级三号"的强粘胶液，他想将产品打入法国市场，便委托巴黎的奥布尔维和马瑟广告公司的设计师们制作广告。设计师们接到任务后，开始左思右想，寻找创意。

有一天，一位设计师突然有了灵感，说道："要想突出粘胶液的黏度，可以利用惊险的场面。"

他的话提醒了其他人，大家议论纷纷，转瞬间提了不少创意。最后，大家经过仔细研究筛选，确定了一个创意，并立即着手策划设计。不几天，电视上出现了这样一个场面：有一个男人在鞋底上点了 4 滴"超级三号"，然后将此人倒粘在天花板上，足足倒立保持了 10 秒钟，并有公证人当场监督鉴定。这个过程就是广告的过程。通过这一广告宣传，"超级三号"粘胶液一举成名，不到一周就销出去了 50 万支。当年总销售量为 600 万支。

无独有偶，香港有一家经营粘胶剂的商店，有一次也推出一种新的"强力万能胶水"。为了促销，这个店主想了一个奇招。他请人打制了一枚价值不菲的金币，并把这枚金币用强力胶水粘在墙上。然后，他打出广告，宣称谁要是能拿下金币，这块金币就归谁。一时间观者如云，大家跃跃欲试，都想得到这块金币。可是，尽管很多"大力士"费尽九牛二虎之力，仍然无法拿下金币。有一天，一位自诩"力拔千钧"的气功师专程来店一展身手,闻讯而至的顾客多得不得了,他们将小小店铺围了个里三层外三层,就连当地记者也赶来了。

气功师在众目睽睽之下,运足力气,双手握住金币,用力一拔,只见金币四周墙皮脱落,而金币"岿然不动"。气功师只好悻悻而归。经此一举,强力万能胶水名声远扬,销售情况一路上涨。

上述两个广告体现了广告策划中设计的重要性。广告设计指的是在确定了广告目标之后,利用各种有效媒体,把广告信息传达到目标受众而进行的策划和安排。包括平面设计、视讯设计多种形式。

广告设计是广告运作中重要的环节之一,为了达到促销的良好效果,应该从媒体选择、广告预算各方面进行细致计划,明确广告发布媒体、日程、方式、所需费用,并确定科学的实施步骤,规定具体实施办法,在事先计划基础上,结合设计学方法,将预定的广告内容制作出来,并且推出实施。

李奥·贝纳是世界上最大的广告集团之一,于 1935 年 8 月 5 日在芝加哥创立。至 1971 年 6 月 7 日,李奥·贝纳病逝时,他的公司已发展成为美国第四大广告公司,营业额仅次于智威汤逊、扬罗必凯和 BBDO。李奥·贝纳的创作风格接近美国中西部大自然,语言时而豪放、时而纯朴,形成了名噪一时的"芝加哥派"广告。其本人也被誉为美国 60 年代广告创作革命的代表人物之一。

海关的足球比赛——广告主题

在广告中，主题同样是指广告所要表达的重点和中心思想，是广告作品为达到某项目标而要表述的基本观念，是广告表现的核心，也是广告创意的主要题材。

故事发生在边境海关卡口。在一间破旧的屋子里，老式的风扇单调而乏味地吹送着热风，老警长拍着手中的足球若有所思。沉默良久，他把手中的球传给了面前穿着连衣裙的女儿。她会意地接过球。老警长胸有成竹地笑了。

此时，在尘土飞扬的室外，一辆破轿车正朝卡口开来。老警长冲出屋子，放下横杆，示意停车检查。四个警察从四面围住了轿车，车内的男子开始紧张起来，忙掏出护照递给倚在车窗边的警长。但警长并未查看护照，他看了男子一眼，忽然直起身来，背后站着他的女儿。这是个年轻的女孩，她背着肩袋，穿着薄薄的连衣裙，奇怪的是她的腹部高高隆起，似乎隐藏着不可告人的目的。

警长什么话都没说，只是示意女儿上车。车内的男子一脸茫然，他不知道警长要干什么。不过，他可以通过了，于是，他快速踩闸，箭一般冲过去。

前面是另一道海关。警察们如临大敌，从塔楼冲下来拦住车检查。这些警察比刚才的要严格得多，他们翻遍了车内的行李，可是一无所获。

这边，老警长正在用望远镜观察着，当他看到对面警察什么也没发现时，忍不住哈哈大笑。此时，男子的车已被翻了好几遍，可是警察们始终没有发现什么，看来只能放行了。

就在男子的车重新启动的刹那,就见那位老警长放下望远镜,拨通对面卡口的电话,兴奋地狂叫:"射门!"

对面警察大吃一惊,赶紧前去阻拦刚刚放行的汽车。可是一切都晚了,老警长的女儿走下车子,掀起裙子,一只足球咕噜滚到地下。于是,老警长一边发出惊天动地的欢呼声。

这个故事是杜撰出来的,而且是由法国电信在 1998 年法国世界杯时杜撰出来的广告故事,名字就叫《海关》。这个故事通过电视广为传播,当然,在故事结束时,画面上会出现 1998 年法国世界足球锦标赛的标志、法国电信的标识以及广告语:足球让人们沟通。

通过这个广告故事,法国电信在世界杯期间的广告宣传大告成功,超出了其他很多厂商的广告。首先,他们善于借助时势环境宣扬自己,这个时势当然就是即将举办的世界杯;其次,他们通过有创意的广告,让自己与时势结合,成为大众关心的话题,提升企业形象。而且,他们的故事情节富有浪漫色彩,地点选在国与国之间的交界处——海关,突出了人际沟通的主题,也就是突出电讯的特色,因此一举两得,意义深远。

法国电信的广告抓住主题,通过幽默的故事情节,向人们展示了广告的巨大魅力。所谓广告主题,就是确定一个商品或一种服务究竟传达给消费者什么,即卖点。

广告主题与通常文学作品主题不同,它的核心是市场,它是建立在市场调查和科学分析的基础上的。广告主题包括以下三方面内容:广告目标、信息个性、消费者心理。

广告目标是广告战略的核心,在策划时,一方面要明确广告目标,同时要确保目标能够实现,这是广告主题的首要内容。

信息个性就是广告宣传中产品或者企业与众不同的特点,只有在全面了解产品、了解竞争情况、熟悉市场的基础上,才能准确找到不同点。

在市场竞争激烈,产品极为丰富的今天,如何有效宣传销售,抓住消费者心理成为重要的课题。在策划中,应该尽可能充分利用广告调查及营销分析的信息材料,了解消费者的心理趋势及人文特点,使广告主题与消费者发生更大的共鸣。

如果你自己都没有自信,人们对你产品的信心就会动摇。例如,1984 年苹果公司的广告创意就很容易让人紧张不安。如果你对某物有种担心,那些不怎么熟悉它的人就更容易为之焦虑。大多数创意都有些吓人,不吓人的创意根本不是创意。

——苹果计算机 1984 广告的创意者李·克劳

《1984》——广告主题选择

商品分析主要从商品原材料的优点或特点、商品独特的制造过程、商品独有的使用价值、价格几个方面着手，寻找出与同类商品或替代品之间的差异，为消费者确定一个购买理由。

1984年1月24日，苹果计算机公司的股东会集一堂，气氛十分热烈。董事长杰伯对着聚集的2 500名股东郑重宣布，1月24日，将是代表个人计算机史上另一划时代行动的开端。说完，他在众人的欢呼声中，打开一个手提箱大小的袋子，里面露出了一种新型的个人计算机——"麦金塔"计算机。

"麦金塔"计算机问世后，百天之内，销量突破7万5千台，成为轰动一时的大事件。那么，苹果公司这次大手笔运作，只是一次大型促销活动的结果，还是隐藏着其他什么样的秘密呢？

说起来，"麦金塔"成功的背后还有一段鲜为人知的故事。1976年，苹果二号上市，创造了一个全新的产品类别——叫做"个人计算机"。1980年，苹果二号已经占了个人计算机市场80%的份额。但是，设计者拉斯金认为，这种计算机并非真正意义上的个人计算机，因此在总裁杰伯的支持下，与策划大师麦金纳合作，计划设计"麦金塔"计算机。

此时，计算机业竞争非常激烈，各大公司相继推出各种新型计算机。而苹果公司的莉萨计划恰遭失败，面对内忧外患，如何让不被看好的"麦金塔"力揽狂澜呢？

夏狄(Chiat)广告公司临危受命,被委托负责"麦金塔"的广告策划。这是一个十分艰巨的任务,广告公司投入巨大精力调查分析,讨论研究,最终确定了广告内容,他们借用英国小说家奥威尔(George Orwell)经典之作《1984》一书中的形象,设计了一则与所有其他公司都不同的独特广告片。这部片子的内容是:在一间昏暗阴森的房间里,一群剃光头的男子一排排坐在长凳上,空洞的目光瞪视着墙上一块巨型的银幕,银幕上面有一个冷酷而面目狰狞的男人,他是《1984》这部小说中的主角,象征独裁的统治者。他正在说话,语音空洞而单调。

忽然,镜头一转,一个穿着鲜红色的运动短裤和苹果运动衫的年轻女子,手中提着一把大锤,沿着一条阴暗的走廊奔跑着。后面有一群身穿制服的男人追赶她,他们代表"思想警察"(Thought Police)。

女子不顾一切奔进大房间,挥起手中的大锤,掷向银幕;银幕碎了,一阵狂风刮向那一群像是以魔法复活的死尸似的男人。

屏幕空白。一会儿接着出现的是大大的"苹果"商标。

这时,旁白声起,宣布:"1月24号,苹果公司即将推出'麦金塔'。你将会了解,为什么1984不会像《1984》中描述的那样。"

然而,当夏狄(Chiat)广告公司将这则广告片呈交上去时,却遭到苹果公司董事会一致反对,人们被吓呆了,谁也没见过这种故作神秘、卖弄意识形态的产品广告。更令人吃惊的是,在这个电子产品的广告中竟然看不到产品的影子,这怎么去推销产品呢?于是,董事们毫不客气地表示,这是"历史上最糟糕的电视广告",他们要求夏狄卖掉此前买下的广告时段,放弃广告投放。

面对精心制作,投资50万美元的广告片要惨遭扼杀,夏狄广告公司创意人员十分痛苦。这时,广告时段转卖情况也不顺利。于是,夏狄广告公司在苹果公司毫不知情的情况下,按原始计划投放了那段不被看好的"1984"。

正如夏狄广告公司创意人员所坚信的一样,这则广告片播出后引起了极大的回响,广告业界每个人都在谈论它,报纸也竞相报导,电视新闻节目把这则广告片当作新闻事件播出。

就这样,这支首播于 1984 年 1 月 22 日"超级碗"大赛的电视广告,成为"历史上首个'事件营销'案例"。也就是说,这个推广活动本身的轰动效应所吸引的受关注程度已足以与产品本身相媲美。

苹果公司凭借"广告事件"大获其利,成为了广告史上一大奇迹。这无疑凸显了广告策划中主题选择的意义。

随着市场的发展和消费者的成熟,曾经的好话加美人就是一个好广告的时期已经一去不复返了,为了激发消费者的购买欲望,许多崭新的科学的理论应运而生。美国广告大师罗瑟·瑞夫斯 USP 理论的提出,说明了广告主题发生了变化。

随后,各种理论又从不同角度确定广告主题,以此作为广告策划的重要内容。像著名的定位理论、形象广告理论,无不体现着广告主题的变化和发展。现在,各种理论为广告策划提供了丰富的理论基础,策划者一般都会结合市场、消费者、企业和产品的实际情况,进行综合系统思考,制订合理的广告主题。

消防熊——思维方式

大体而言，进行广告策划，在思维上必须具备几种规定性：1. 把事实作为基点；2. 统观全局系统思考；3. 抓住关键突出主导。

在美国，提起消防熊，几乎无人不知，无人不晓。这只憨态可掬、粗壮有力的家伙，是美国人们心目中消防的象征，意义非同小可。关于它的来历，还有一段很有意思的故事。

1941 年 12 月 7 日，日本飞机偷袭珍珠港，第二年春天，日本潜水艇又在南卡罗来纳海岸浮现，并用炮弹炸毁了桑塔·巴芭拉（Santa Barbara）附近的一座油田，这个地方距离洛·帕迪斯（Los Padres）国家森林非常接近。两起事件极大地震撼了美国人，他们惟恐战火烧到美国本土，担心未来的袭击会造成生命的消亡和财产的损坏，还担心敌人的燃烧弹如果在太平洋沿岸的森林地带爆炸，会很容易引起无数巨大的森林火灾。

国人的担忧日增，国家和政府也十分不安。这个时候，森林服务局提出了一个建议，他们希望人们能够增强消防意识，防患于未然，尽可能避免火灾事件发生。针对此，广告委员会十分踊跃地表示，他们可以设计系列公益广告,展开宣传教育活动,提高人们防火的意识和技巧。

很快,一连串海报和广告口号,诸如"森林着火就是帮助敌人"、"我们的粗心正是敌人的秘密武器"等出现了。广告创意注重使用醒目的标题,鲜艳的色彩,希望引起人们的关注。1944 年,负责该项广告设计的 FCB 广告公司注意到一个问题:虽然防火广告内容很多,利用的媒体也不少,但是缺乏统一性,因此削弱了宣传效果。于是,他们提议有必要进行形象化的森林防火宣传,将各种媒体上的信息统一起来。

森林服务局同意了他们的主意,接下来,大家一起考虑采用什么形象宣传比较合适?意见很多,有人说:"用小鹿吧,它可是森林里最可爱的动物。"有人说:"用松鼠吧,机灵活泼。"还有人说:"还是小鸟好,叫声清脆。"

尽管大家热情很高,但是这些形象似乎都不能代表防火的概念。这时,有人提出了新的建议:"还是用熊做消防员吧,你看它体格壮,动作可爱,多像人啊。"

这个提议获得一致认同,人们说:"对,无论大人还是小孩,都很喜欢熊。再看它的形象,确实给人安全感,这与防火意识很接近。"

于是,著名画家阿尔伯特·斯特尔创作了第一幅"防火熊"的海报,画面上一只熊正用一桶水浇灭宿营留下的营火堆。就这样,防火熊诞生了,它很快广为流传,出现在海报和卡片等各种防火宣传材料上。配合着广告语"记住,只有你才能预防森林火灾",开始了自己肩负重任的历程。

1952 年,史蒂文·耐森和杰克·罗林又专门为消防熊写了一首赞歌。歌曲广为流传,培养了一大批"消防熊迷"。美国公众接受了消防熊,接受了它的劝告"只有你才能防止森林火灾"这句警示性的话,从此,它成为消防的象征,极大地提高了人们对于火灾的防范意识。据统计,在开展运动以前的 1941 年,每年大约发生森林火灾约 21 万起,毁坏林木 3 000 万英亩。在开展运动以后,1967—1977 年 10 年间,平均每年发生火灾约 12 万起,毁林 250 万英亩。30 年间因减少损失而节约的费用达 170 亿美元,而每年的广告宣传费用预算仅为 50 万美元,还不到一个零头;到了 1990 年代,每年烧毁的森林不超过 100 万英亩。显然,以消防熊为代言的这场长期防火宣传运动,的确卓有成效。

消防熊的形象设计体现了广告活动中思维方法的几点特性。一般来说,作为对广告活动的总体关照,广告策划在思维方法上具有其鲜明的特征。大体而言,进行广告策划,在思维上必须具备几种规定性。

首先,要以事实为基点。广告策划与普通思维性工作不同,它需要担负着实施后的效果问题。一个策划付诸实施后,必须承担市场风险,这就要求进行广告策划前,必须确切了解产品的特点与性能,熟知价格及销售途径,洞察消费者心理,掌握市场资料和竞争情况等,做到有的放矢。

其次,要统观全局,进行系统思考。在思维方法上,应该从纵横两方面出发,将涉及到的内容进行协调处理,抓住它们彼此之间的关联性,动态地、发展地去认识问题。

最后,应该抓住关键,突出主要问题。任务应该明确突出,这样才能体现广告在营销中的地位和作用。

> 有 11 种照片的主题特别具有吸引力,它们是:新娘、婴儿、动物、名人、穿奇装异服的人、处于奇特环境中的人、能讲一个故事的照片、浪漫的场面、大灾难、标题主题、有与生活中的重大事件同时发生的内容的照片。
>
> ——约翰·卡普拉斯

第四章

广告实施与管理

在实践当中,通常将广告效果测定划分为两大方向:一是广告传播效果的测定。这一测定包含三部分内容:广告作品的测试,又称品质管理;媒体计划测试和消费者的心理效果测试,这是广告发布后的测定。二是广告销售效果测定。影响销售效果的原因是多方面的,测定广告效果必须要排除其他因素的干扰,准确测量广告因素对销售的影响。

30:1——广告文案写作

广告文案通常包括标题、正文、口号、随文四大部分。 但不是每则广告都必须同时具有以上四项元素，有的正文与标号合而为一，有的广告甚至没有正文等等，不一而足。

有这样一个故事:有一次,骆驼牌香烟准备推出新广告,闻讯而动的广告公司很多,他们都想争取代理权。其中一家大广告公司为了获取成功,许诺说:"我们可以派出 30 名撰稿人为您服务。"骆驼牌香烟的经理雷诺可是个精明人,他听了后反问道:"只要一个出色的怎么样?"

经过再三比较筛选,雷诺最后选中了一个叫做比尔·埃斯蒂(Bill Esty)的青年人,这位青年的创意设计果然非常出色,推出的广告效果极佳。此后,这位青年持续代理骆驼牌香烟的广告达 28 年之久。

在当代著名广告大师中,与比尔·埃斯蒂(Bill Esty)一样,能够以一当十,创作出极佳文案的广告人员大有人在,美国赖利广告公司(Hal Riney & Partners)的创办人赖利就是其中一位,奥美广告公司创办人、广告教皇大卫·奥格威称他为当今美国最杰出的撰稿员。

自从创业以来,赖利不断推陈出新、炮制出无数叫好又叫座的经典广告。他的广告文案以强调替产品进行软推售(softsell)为主。他主张利用感性诉求(emotional appeal)来感动消费者花钱购物,认为这比使用硬性的理性诉求(rational appeal)来说服消费者有效得多。

有一次,他在为一家科技公司撰写文案时,对方要求突出产品的性能,赖利却说:"广告美感和特色才是推销产品、替产品制造区别的最佳武器。许多消费者的购物决定,出自对于产品的亲近感,并非理性。"

一开始,科技公司并不赞同这种观点,对赖利说:"你不按要求撰写,我们就解除代理合同。"

赖利没有放弃自己的观点,说:"随你们的便。"说完,继续埋头撰写文案。

几天后,他撰写完文案,并交给了科技公司。让科技公司大吃一惊的是,这份文案内容非常动人,流露出的美感令人无法拒绝。就这样,他们同意了赖利的文案,并很快推出了广告。结果,在广告宣传之下,新产品吸引了大批消费者,销售情况一路看好。

事后,人们问起赖利创作文案的感受时,他笑着说:"撰写广告文案时,除了要留意它的内容,更要看看它流露出多少美感,创作人应该是懂得解决问题的市场推广人。"

另外,赖利也多次强调一件事情,这就是:"小型广告公司比大型广告公司更容易炮制有创意的广告。因为小型广告公司较少有官僚作风、较不必要的架构重迭,令创作人与创作人之间的沟通更加容易。"他的这一说法,与骆驼牌香烟挑选文案创作人时的思路简直如出一辙,他们的故事也充分验证了广告文案写作中,优秀文案人员的重要性。

语言和文字是广告最基本的传播信息的载体和要素。诚如广告大师大卫·奥格威所说:"广告是词语的生涯",离开语言和文字,广告创意就无法记录下来,更不能进一步表现和深化。这些广告作品中的语言和文字,就是广告文案。

以印刷广告为例,广告文案通常包括标题、正文、口号、随文四大部分。但不是每则广告都必须同时具有以上四项元素,有的正文与标号合而为一,有的广告甚至没有正文等等,不一而足。

其中,广告正文是广告文案的主体,是对广告标题的解释和广告主题的详细阐释,讲述全部销售信息。但是,实际广告宣传过程中,读者往往注重广告标题,而很少阅读正文。这就要求文案创作人员在创作正文时,一定要抓住消费者心理,借助一定创作技巧,对广告标题进行有趣味性的阐释,激发消费者的阅读兴趣,从而达到目的。

广告比什么都能反映出国家和时代的特色。

——让·马贺·杜瑞:《颠覆广告》

你按快门，其余不用管
——广告标题

根据调查显示，阅读标题的人比阅读正文的人平均多二至四倍，可见广告标题的重要地位。

巴林是美国广告语言专家,20 世纪初,他曾经创意了很多有名的广告语言,从而在广告界颇有名声。

有一次,柯达公司委托他为照相机撰写广告标题,巴林接到任务后,苦思冥想,他首先分析产品特色,认为照相机能够快速地记录下生活的片刻,是个非常方便简单的新生事物。接着,他开始琢磨消费者心理,他想,照相机是个新科技产物,消费者对他缺乏了解,怀有神秘和敬畏感,应该引导他们认识照相机,消除陌生感,这样才能激起他们购买的欲望和信心。

根据这两点,巴林几经易稿,最终确定了广告标题:"你按快门,其余工作不用管。"一句话,既告诉了消费者如何使用照相机,还说明了照相机的快捷特色,语气中含有祈使、劝诱、感叹的味道,令人难以拒绝,从而对柯达照相机留下深刻印象。

柯达公司利用这句话大做广告,收到了极其好的效果。

在广告实践中,成功利用标题的广告非常多,美国生产的 SS 型手提电视机,在开拓国外某市场时,采用了主题系列广告策略。全部广告分为三期,每期又分为若干则。在每期广告中,他们都运用了醒目的标题来吸引消费者。在第一期第一则广告里,他们的标题是:"唯一全部采用美国零件,美国外销的电视机",强调独家经营此类型的美国产品,树立经销商的声誉。第二则广告标题变为"苗条淑女",强调该机适合小康之家和小家庭之用。第三则广告标题是"寂寞的晚上",广告对象变为单身汉,他们收入少,无力购买大型电视机,居屋狭小,时有苦闷寂寞之情,劝导他们购买这种电视机最合适。

透过这种宣传,SS 手提电视机很快深入人心,获得消费者认可。根据这个经验,他们推出第二期广告时,也采取了独特的广告标题,像"舐犊情深",以喜剧形式报导一家人由于喜爱孩子而购买电视机的经过。

在系列广告影响下,SS 手提电视机成功打开了国外市场,一举成功。

如同巴林创作的出色广告标题一样,很多企业依靠出色的广告标题为他们赢得了利润。

调查显示,广告标题在整个广告文案中占据重要地位,醒目有效的标题会引起消费者注意,并将他们引向广告正文,使他们获得完整的广告信息。相反,如果标题不出色,没有吸引消费者,那么他们一般不会关注正文,也就无法获得广告传达的信息。

创作标题时,需要注意几点:

(1)标题应该醒目突出,放在最为重要的位置上;(2)标题必须表现广告主题。这种表现应该是显而易见的,准确清晰地告诉消费者关于产品或者企业的利益与承诺;(3)新颖奇特。标题语言必须有自己的特性,能够吸引受众,让人产生过目不忘之感。

> 定位的道理非常浅白,就像上厕所前,一定要把拉链拉开一样。
> ——著名广告创意人乔治·路易斯,《蔚蓝诡计》的作者

钻石恒久远，一颗永流传
——文案写作原则

广告文案创作遵循真实性、原创性、有效传播性三条原则。

"钻石恒久远，一颗永流传"是著名的钻石广告佳句，自从 1947 年 4 月诞生以来，倍受赞誉，被译成 29 种语言，在世界各地广为流传，成为钻石广告的经典名句。说起这句广告语的来历，也颇有渊源。

15 世纪前后，钻石是地位和权力的象征，只有贵族阶级才能佩戴珍藏。第一次世界大战以后，钻石开始普及，然而此时的开采商们却面临一个史无前例的糟糕的市场前景。原来，在人们传统意识里，钻石代表着政治，与普通人关系不大。当时，人们根本没有把钻石与爱情联系到一起，这样，钻石的目标受众群就比较狭窄。加上当时全世界范围内大面积的钻石储藏地被发现，不仅南非、澳大利亚，连遥远的西伯利亚也开始出产钻石。钻石本来以稀为贵，现在产量一高，就不那么珍贵了。

于是，钻石商们不得不想尽办法促销。1938 年，戴比尔斯开采公司委托N.W.艾耶父子广告公司代理他们的广告业务，试图通过广告宣传提高钻石销量。

N.W.艾耶父子广告公司受命后，立即组织人员展开周密的调研工作，并且很快找到了问题的症结所在，他们发现人们还没有把钻石、婚约以及浪漫爱情联系起来。另外,年轻人对钻石消费毫无概念,对购买钻石的大小、价钱等均感到迷惑。调研最后得出结论,戴比尔斯的广告只能是从先培育整体钻石市场的消费者开始。在此基础上,一连串全新的钻石广告问世了,这种广告策略的设计主要是先打动女人,然后再通过已经为产品动心的女人去说服男人购买。

为了把钻石戒指与罗曼蒂克的情调联系起来,N. W. 艾耶父子广告公司的撰稿人员绞尽脑汁,充分联想,差点导致蜜月和钻石联姻主题的泛滥。这时,到了 1947 年,艾耶公司的女撰稿人弗朗西斯·格瑞特在大量钻石广告文案的基础上,试图找到一种新的表达方式,她希望自己创作的文案不要陷入窠臼,能够把钻石所拥有的内在含义和罗曼蒂克的性质结合在一起。这是一个非常艰难的任务,她日思夜想,万分焦虑,因为提交文案的时间马上就要到了。这天,她又伏在案头,一会思索,一会在纸上写着。突然间,她眼前一闪,脑海里浮现出一句话:"钻石恒久远,一颗永流传(A Diamond is Forever)",这句话让她兴奋异常,她写在纸上,左看右看,被突如其来的灵感深深感动。接着,她迅速完成了全部文案,并且如期呈交上去。

结果,这句广告语播出后,征服了亿万消费者,成为钻石宣传中最成功的名句,直接推动了钻石行业发展。钻石婚戒成为世界各国人们通用的文化习俗,在 1959 年时日本还禁止钻石的使用,到现在为止几乎 80% 的新娘都戴着订婚戒指。

弗朗西斯·格瑞特也因此一举成名,获得了在广告界应有的地位,当人们问起她如何创作出"钻石恒久远,一颗永流传"这样的名句时,她感慨地说:"这是来自上帝的暗示。"

从经典的广告语言中,可以领略到广告的无穷魅力。然而,广告文案的写作并不是随意的,它必须遵循某些原则。

(1)真实性原则。广告文案文本是表达信息的直接载体,是消费者和产品、企业之间沟通的桥梁。文案是否真实可靠,直接决定着消费者是否接受到了真实信息,能否产生相应的心理情绪,进而影响他们的购买意向。(2)原创性原则。原创性是指广告文案创作过程中,广告文案人员要抓住产品或企业与众不同的地方,采取新颖的独特的创作方式,使作品具有生命力,以吸引消费者,促使他们产生购买冲动。原创性表现在两个方面,一是表现手法上的独创,一是表现内容上的独创。(3)有效传播原则。广告宣传的目的是让消费者了解产品、企业,所以,创作文案时,应该结合目标消费者的实际情况,能给消费者一种既熟悉又亲密、朋友般的感觉。

布鲁斯·巴顿(Bruce Barton 1886—1967)

　　BBDO 未来的缔造者巴顿,用他直效营销的文案第一个推广了哈佛经典的"五脚"书架。他还是第一个将耶稣管理经验引入商业领域,提出"耶稣管理学"及"仆人式领导法"的人。

与消费者亲密接触——沟通

沟通力，即广告文案人员与目标受众和目标消费者的沟通能力。这种沟通能力通过他们所写作的广告文案在广告作品中得到表现。

克罗尔是美国当代最杰出的广告大师之一，他注重广告的真实性，擅长捕捉消费者心理，曾经创作了一连串优秀作品。关于他的成功故事很多，下面这个也许能够让你一窥端倪。

年轻的克罗尔身材健硕、高大威猛，喜欢足球运动，是一位杰出的美式足球猛将。别看他长得粗大，心思却很细密，除了足球，他还喜欢做一件与众不同的事情：研究消费行为。这件事情渗透到他生活的方方面面，有一段时间，每当同学们正在埋头苦干地温习功课之际，他总是跑到学校门外，数数来往的名牌轿车，他可不是向往名牌车，而是有自己的任务，他在观察各个品牌车辆的多少。经过多次观察，他发现眼前出现的福特汽车总比奔驰汽车多，而且他熟悉的人也大多喜欢福特车，他们购买福特车的数量总是超过奔驰车。这是什么原因造成的呢？

克罗尔苦思冥想，找出无数条理由，又都一一否决，然后重新思索。

终于，年轻的克罗尔数厌了名牌轿车，可他并没有厌倦研究消费行为，这不，他又跑到城中的药房，打探一下哪一种伤风药销量最佳？哪一种伤风良药是头号牌子？

当然，他的调查研究没有止境，因为消费行为层出不穷，而他，在不停地钻研当中长大,并跨入广告业,凭借着强烈的爱好和刻苦的精神,很快崭露头角,屡屡获得成功,最终成功地在 1970 年代策划了肯德基家乡鸡的"亲亲午餐多美味——亲亲家乡鸡"广告攻势,"80 年代大都会"人寿保险之"花生卡通人物(Peanuts Cartoon)"广告系列,以及 80 年代美国 Dr. Peper 汽水之"最被曲解,最与众不同的汽水"(Most understood, Most unusual soft drink)广告攻势。他也由创作人员摇身一变成为美国威雅广告公司的主席兼行政总裁。

克罗尔通过对消费者的研究,创意策划了许多成功案例,他的成功,很大程度上都得益于他强调从消费者角度出发,通过沟通来打动他们。

沟通,是广告文案人员通过文案和消费者交流的表现,沟通能力强弱往往左右文案创作能否成功。这是因为广告是一种信息传播活动,传播的核心问题是传播者和消费者之间互相领会对方的含义。如果彼此不能互相理解,那么广告传播就是失败的。这一点决定了文案创作中沟通的重要性。

在实践当中,要想提高沟通能力,需要广告文案人员具备对目标消费者的特殊需求、生活方式和生活特性、特殊的文化环境和文化素养、特殊的语言表达和接受方式等方面的认知。只有获得广告作品和目标受众之间的交流和沟通,才能产生广告作品的销售力、广告作品的观念渗透力。

克劳德·霍普金斯(Claude C. Hopkins, 1866—1932)

　　克劳德·霍普金斯相信广告的存在只为推销什么。坚持文案需要详细了解客户产品的细节情况再去撰写文案,倡导广告科学。

"我们爱第一"——系列文案写作

系列广告指的是全方位、多角度、全过程和立体地表现广告主体的广告形式，一般能够产生较大的影响力和气势，满足消费者对广告信息深度了解的需求。

百威啤酒是美国首屈一指的高质量啤酒，也是在美国及世界最畅销的啤酒，居于啤酒业的霸主地位。说起它的成功，其卓越的市场策略和广告策划占据着重要地位。这一点，从它进军日本市场的广告故事可见一斑。

1981年，进军日本之前，百威啤酒首先展开了市场调查，他们发现日本经济高速发展，居民的消费水平空前高涨，日本年轻人变得更有购买力，有更多的时间去追求自己喜爱的事物，新奇而又昂贵的产品很吸引他们。因此，他们确定了以年轻人为诉求对象的广告策略，并且决定推出系列广告活动，一举拿下日本市场。

这个系列广告活动开始了，他们首先把重点放在广告杂志上，结合精美的海报，以此为突破口，专攻年轻人市场。

为了打动年轻人，他们选用了扣人心弦的创意策略，创作了具有震撼力的广告文案。第一阶段，他们提出的主题是："第一的啤酒，百威"，标题是："我们爱第一"，这样的内容自然非常吸引活力十足、喜欢自我展现的年轻人。所以，广告推出后，反响很大，百威啤酒逐步确立在日本青年心目中的地位。仅仅一年时间，百威啤酒的销量就提升了50%。

第二阶段,百威啤酒的主题改为:"百威是全世界最大,最有名的美国啤酒",广告标题则变成"这是最出名的百威",标题就印在啤酒罐上,只要拿起罐子就可看到。这样,更加巩固了百威啤酒的品牌形象,凸显了它的霸主地位。

随着系列广告不断推出,百威啤酒也在不断运用更多媒体,逐渐从杂志走向报纸、电视,他们还开展多种活动,配合媒体广告,这些活动吸引了大批的年轻人,扩大了产品的影响力。1984 年,百威进军日本不过 3 年时间,销售量达到了 200 万瓶。

系列广告指的是全方位、多角度、全过程和立体地表现广告主体的广告形式,一般能够产生较大的影响力和气势,满足消费者对广告信息深度了解的需求。与单则广告相比,系列广告具有刊播连续性、信息全面性等鲜明特色。

在进行系列广告文案创作时,需要首先考虑整个系列中,如何表现广告文案完整的意义,如何塑造整体形象。其次要注意广告内容之间的关联性,并使各部分之间保持均衡,还要体现一定的变化性,表现系列广告的优势和特征。

根据结构变化,系列广告分为标题不变正文变类型、标题变正文变类型、标题变正文不变类型、标题正文均不变类型。

艾伦·罗森希纳(Allen Rosenshine)

曾任 BBDO 广告公司首席执行官,效力 BBDO 长达 41 年。他认为,打造品牌是广告人的第一要则。在他任职期间,BBDO 那段时间的业务由 3 亿美元增加到超过 24 亿美元。

"香醇的，大家的……"
——产品认知广告文案

广播广告主要以文案为主，语言文案是最重要的传播方式，具有费用较低、传播迅速、不受时空限制等优点。

瑞士雀巢集团成立于 1867 年，创始人名叫亨利·雀巢（Nestle），德语意思是小小雀巢。如今，小小雀巢已经成为世界上最大食品公司的代名词，是世界著名的跨国公司之一。与所有成名的伟大公司一样，雀巢的成功与广告也有不解之缘。

1950—1960 年代，雀巢根据当时广告发展情况，开始推出产品导向型广告，着重强调雀巢咖啡的纯度、良好的口感和浓郁的芳香。这时，人们已经接受了速溶咖啡，所以对于它强调质量自然十分满意。1961 年，雀巢咖啡进入日本市场，率先打出电视广告，提出"我就是雀巢咖啡"的口号，这句口号朴素明了，反复在电视上出现，迅速赢得了知名度。

1962 年，雀巢公司根据日本消费者以多少粒咖啡豆煮一杯咖啡来表示咖啡浓度的习惯，开展了 43 粒广告运动，广告片中唱着"雀巢咖啡，集 43 粒咖啡豆于一匙中，香醇的雀巢咖啡，大家的雀巢咖啡"，优美的旋律一时间传遍了大街小巷，成为日本家喻户晓的歌谣。

进入 80 年代后，随着雀巢咖啡知名度越来越高，雀巢咖啡广告的导向转变为与年轻人生活息息相关的内容，广告尤其注重与当地年轻人的生活形态相吻合。比如在英国一则电视广告中,雀巢金牌咖啡扮演了在一对恋人浪漫的爱情故事中促进他们感情发展的角色。在日本,雀巢则推出了一个"了解差异性的男人"的广告运动,广告内容中雀巢金牌咖啡所具有的高格调形象,是经过磨练后的了解差异性的男人所创造出来的。广告营造了日本男人勤勉的公司员工形象,因此大受欢迎。

经过不断广告宣传,如今雀巢咖啡(Nescafe)这个名称,用世界各种不同的语言来看,都给人一种明朗的印象,和消除紧张、压力的形象结合在一起。

雀巢咖啡广告是以产品为重点进行宣传的典型案例,在它各个时期的广告文案中,无不体现着产品的特色。这种文案写作也有自己的特色。

首先,进行新产品宣传时,广告文案的表现重点要放在认知的角度上,将产品的新特点、新的功能传递给潜在消费者。其次,如果为了提升产品知名度而进行的文案写作,就要强调、突出、重复产品与众不同的特色,使其在同类产品中处于竞争优势。最后,如果是为了引导消费者新观念而进行的文案写作,就要提出一定的消费观念,并宣扬这种观念与产品之间的关系,进而引导消费者通过产品来实现这种观念。

令人爱抚的皮肤
——感性诉求

文案写作的分类方法很多，其中根据不同的诉求方式而形成的广告文案写作，可分为三类：感性诉求广告文案写作、理性诉求广告文案写作、情理配合广告文案写作。

在广告界，出色的女广告人员不多见，然而，海伦·雷索却不同寻常，她打破这一常规，成为 20 世纪最出色的广告大师之一。

说起海伦·雷索的成功故事，还要追溯到 1886 年，那时，她出生在美国肯塔基州东北部的山地小城格雷森。青少年时代，正是 20 世纪初美国经济大发展时期，商品非常丰富，女性作为特殊的消费群体，在广告宣传中的重要性日益凸现。年轻的海伦性格活跃，对广告业情有独钟，她先到普洛克特暨柯里尔广告公司供职，很快才华凸显，受到广告界人士关注。

不久，智威汤臣广告公司的斯坦利·雷索亲自到海伦家中邀请她到智威汤臣工作。海伦了解智威汤臣，知道它的客户大多数是宝洁公司之类生产化妆品和一般生活用品的厂家，身为女性的她，觉得这非常适合自己的发展，于是答应了下来。

果然，智威汤臣的特色为海伦展露才华提供了绝好的机会。1910 年，年仅 24 岁的海伦受命为沃德伯利洗面皂作一连串广告。她经过分析琢磨，发现在当时广告宣传中，大多强调肥皂去污之类的基本性能，这已经显得不合时宜，她认为应抓住每个妇女都希望美丽、有魅力的心理特点，着重产品能满足这方面要求的宣传。于是，一连串总标题为"A Skin You Love To Touch"（令人爱抚的皮肤）的广告作品问世了。在作品中，海伦大胆使用美术家金鲍尔画的略带性感的广告画，比如其中最著名的一幅是一位身着礼服的英俊男士右手将一位美丽女子揽入怀中，左手紧握着女子的右手放在胸前，男士亲着女士的面颊，女子则面带微笑自信地前视。这样的作品在当时是非常前卫和吸引人的，所以一经推出，立即引起轰动。

在这组广告作品中，还体现了海伦创作的另一特色，这就是文案创作中注重感情诉求。她在文案中说："您对您的皮肤大有可改进之处。只要适当地加以保护，它就会变得像您所梦想的那样柔嫩可爱。请您使用迄今最适于皮肤保护的沃德伯利洗面皂洗肤，让它渗透到您的皮肤中去。"接着，文案详细叙述了科学的洗肤方法，教导妇女们如何使用沃德伯利洗面皂。整个广告中，有这样一句诱惑人心的广告语："昨天，'令人爱抚的皮肤'在 65 个妇女中只有一个拥有；今天，它已经成为所有妇女要求美丽的权利了。"这一点突出了女性的心理需求，可谓击中要害之笔。

广告带来了前所未有的成功，《大西洋月刊》评论："'令人爱抚的皮肤'的广告标题语言一直透入人的记忆深处……这则广告大约是在同一时间里为最多的人阅读的广告了。"阿尔伯特·拉斯克对此也是给予了极高的评价，他说："这则广告的风格是美国早期广告发展过程中的'三大里程碑之一'"。借助成功的广告宣传，沃德伯利洗面皂的销量上升了 10 倍之多。

从此，海伦名声雀起，树立了自己在广告界的地位。此后，她连续创作了很多优秀的广告作品，无不体现出她个人的特色——对于情感诉求的追求。后来，她在回忆自己的广告生涯时说："我是为在全国范围内推销的产品和为地方零售商品撰写和策划广告的第一位成功的女性。"时至今日,人们仍说:海伦在美国广告界的出现和成功经历,令人对女性在广告方面所能取得的成功重新审视,无论从哪方面来说,那都是有着极其深远的意义的。

海伦作为女性,在文案创作中明显地侧重于感性诉求方式,因而独具特色,十分成功。那么,文案写作都有哪些分类呢? 文案写作的分类方法很多,其中根据不同的诉求方式而形成的广告文案写作,可分为三类:感性诉求广告文案写作、理性诉求广告文案写作、情理配合广告文案写作。

感性诉求广告文案写作注重消费者的情感和情绪,使他们对文案产生比较美好的印象,这样可以让他们更积极地接受广告信息,进而付诸行动。这种写作方式可应用于日用品、化妆品广告的文案写作。理性诉求广告文案写作则是从企业或者产品的客观性能出发,注重实证,以理性说服消费者,这种写作方式可应用于科技产品的文案写作。而情理配合广告文案写作指的是结合上述两种方法的优点,既注重消费者的情感和情绪,也强调产品或企业的客观性能,从而使得广告效果更能打动消费者的写作方式,这种方式在广告文案写作中应用最广。

小马里恩·哈珀(Marion Harper Jr. 1916—1989)

缔造 IPG 集团,并开创广告传播集团先河,被称作哈伯大帝,是美国广告界 20 世纪最富有创新王国的缔造者。

以退为进——广告效果

广告效果是广告活动或广告作品对消费者所产生的影响。

这是 20 世纪 60 年代初,哈勒尔公司生产了一种名为"配方四零九"的清洁喷液,并在全国展开零售工作。几年时间内,"配方四零九"已经占领了将近一半的清洁喷液市场,销售非常成功。

有成功就有羡慕,有羡慕就会滋生竞争,这不,很多日化公司不甘落后,纷纷研制开发新的清洁喷液,其中一家公司在 1967 年推出了一种称为"新奇"的清洁喷液,这就是鼎鼎有名的宝洁公司。为了确保产品获得成功,宝洁公司首先在丹佛市展开了试销活动。这次试销,宝洁投入了大量资金,不管在创造、命名、包装还是促销上,他们都做得十分细致、精确,并且进行了耗资巨大的市场研究,广告宣传可谓声势浩大。在如此阵势面前,人们普遍认为,宝洁公司投入巨资进行宣传试销,看来不是一时逞强,而是立志打败哈勒尔,争取吸引到有关消费者的注意,塑造自己的形象。

面对宝洁公司的强大攻势,哈勒尔该怎么做才能避免失败呢? 他们心里清楚,如果硬碰硬,和宝洁比广告、比势力,都是必败无疑。难道就这样等待失败吗? 哈勒尔心有不甘,他们经过一番深思苦想,想出一个办法。就在宝洁公司的新产品"新奇"清洁喷液将要在丹佛市试销时,哈勒尔悄悄地从此地撤出了。当然,他们并非直接从货架上搬走产品,而是中止了一切广告和促销活动,并且在推销商售完产品后,不再继续供应,告诉他们:"配方四零九无货供应。"看起来,他们似乎在做着悄悄撤退的工作,似乎无心与宝洁一争。

自然,宝洁并不知道哈勒尔的战略变化,而是按照自己的计划强势宣传,并且果如所料,取得了辉煌战绩,负责试销的小组汇报说:"所向披靡、大获全胜"。他们认为,哈勒尔在强大的攻势面前节节败退,无力还击。

这样,宝洁公司通过广告效果测定,根据试销情况,发动了下一步的"席卷全国"攻势。这时,悄悄撤退的哈勒尔开始采取报复措施了,他们早就生产了一批产品,这些产品分16盎司装和半磅装,一并以0.48美元的优惠零售价促销,比一般零售价低很多,并且他们配合大量广告来宣传这次促销活动。结果,大批消费者一次性购足了大约可用半年的清洁喷液。而当宝洁的产品大量投入市场时,清洁喷液的消费者"蒸发"了,他们不再需要清洁喷液,因为家里都已经储备有了足够的"配方四零九"!

于是,宝洁公司经过一段时间挣扎后,不得不从货架上搬走"新奇"产品,他们无奈地承认,这项新产品失败了,尽管试销十分"成功"。

这次精彩的对战演示了广告效果测定在产品销售中的重要性。显然,宝洁公司是深谙广告效果测定之道的,并且按照广告效果进行了下一步行动。可是,哈勒尔公司却技高一筹,他们料到了宝洁公司的计划,懂得广告效果对它的影响有多大,因此抓住这一点大力反攻,从而一举获胜。那么,什么是广告效果?在实际广告活动中,又如何对它进行测定呢?

广告效果是广告活动或广告作品对消费者所产生的影响。分为狭义的广告效果和广义的广告效果两类。由于广告活动的复杂多样,也由于信息传播受到多种因素影响,所以,广告效果也往往呈现多样性,总的来说,以累积性和复合性两个特点表现。累积性特点表现为广告产生效果的时间长短不一,还表现为不同媒体广告产生的效果程度不同。广告效果累积效应的大小与广告制作的水平,媒体投放计划和时间有密切关系。复合性特点指的是广告效果不是单一的,是多方面多角度的。

在实践当中,一般将广告效果测定划分为两大方向:一是广告传播效果的测定。这一测定包含三部分内容:广告作品的测试,又称质量管理;媒体计划测试和消费者的心理效果测试,这是广告发布后的测定。二是广告销售效果测定。影响销售效果的原因是多方面的,测定广告效果必须要排除其他因素的干扰,准确测量广告因素对销售的影响。

约翰·沃纳梅克(John Wanamaker,1838—1922)

是位零售商人,但他深谙广告之道,塑造了广告业 20 世纪开始时的最高标准。沃纳梅克的一段话颇为美国广告业称道:"我花费在广告上的钱,有一半被浪费掉了。问题在于,我不知道浪费的是哪一半。"

灯笼带来的声望——社会效果

广告效果除了表现在经济方面外，还对社会道德、文化、教育、伦理、环境等社会环境产生了一定影响。

民国期间，在北京发生过这样一件事：

当时的北京，很多大街小巷都没有路灯，到了晚间，行车走路非常不方便，特别有时候一些街道挖沟施工，就给人们带来更大不便，交通事故时有发生。不少人抱怨道："唉，这可好了，天一黑哪儿也别想去了。"

这件事情在京城闹得沸沸扬扬，传到了同仁堂药店的老板耳中，他已经注意到，最近不少人来购买跌打损伤的药，看来因为缺少路灯摔伤碰伤的大有人在啊。不多久，药店附近的街道也开始施工了，老板看在眼里，急在心上，他知道，很多病人都是夜里来请大夫抓药的，现在天黑路难走，不是耽搁他们看病吗？

思来想去，老板有了主意，他召集手下人订制了一批灯笼，一到晚上，就叫他们把灯笼挂到主要路口和危险的地段，这样一来，道路照亮了，人们行路方便多了。一开始，他们只在药店附近挂灯笼，后来发现这个办法不错，就开始推广使用，在很多道路上悬挂灯笼。

同仁堂老板是个精明人，他在订制灯笼的同时，让人在上面印上同仁堂的字样，这就等于以灯笼为媒介宣传自己的药店。灯笼给人们带来了方便，人们自然不会忘记它，更不会忘记悬挂灯笼的人。这不，短短时间内，人们都知道了同仁堂，有病买药自然想到它。于是，同仁堂名声大振，博得百姓一致赞誉。

这种为社会谋福利的行为给同仁堂带来极大的效益,因此深受推崇。多年来,他们多次采取这种办法进行广告宣传,社会反映非常好,他们的地位和声望也一直在同行业中遥遥领先,极好地促进了行业发展和竞争。

同仁堂透过广告,赢得了人们极高的赞誉,这一点体现在广告的社会效果方面。

我们在前面说过,广告效果除了表现在经济方面外,还对社会道德、文化、教育、伦理、环境等社会环境产生了一定影响。这种影响可能是短期的、轰动的,也可能是长期的、潜移默化的。在测定一则广告的社会效果时,需要从以下几个方面去考虑:(1)是否有利于树立正确的社会道德规范;(2)是否有利于培养正确的消费观念;(3)是否有利于社会市场环境的良性竞争。

一般来说,人们测定社会效果会从两方面进行,一是测量广告的短期社会效果,这时,可采用事前、事后测量法。通过消费者在接触广告之前和之后在认知、记忆、理解以及态度反应的差异比较,测定出广告的短期社会效应。一是测定广告的长期社会效果,长期社会效果既包含对短期效果的研究,也考虑广告在复杂多变的社会环境中所产生的社会效果,需要运用较为宏观的、综合的、长期跟踪的调查方法来测定。

威廉·佩利(William Paley 1901—1990)

美国广播事业的先驱、哥伦比亚广播公司董事会第一任董事长及主席,在广告广播事业中成就突出。

"诚实"的甲壳虫
——广告对消费者的作用

广告对消费者产生了很大影响：丰富了消费者生活；刺激消费者消费；传授给消费者知识。

当今世界上，也许没有哪个广告像伯恩巴克为甲壳虫创作的广告那样出色了，广告教皇大卫·恩格威就曾说过："即使我活上一百岁，也创造不出甲壳虫那样的广告。"这究竟是一个什么样的广告呢？

让我们回到 20 世纪 30 年代的德国。1937 年 5 月，费尔迪南特·波尔舍创建大众开发公司，1939 年 8 月生产了 210 辆汽车。这些汽车以形态奇特、坚固耐用、价格低廉著称，与当时流行的汽车大相径庭。

二战后，这类车辆适应当时人们所需，销量不错，很快占据了欧洲市场。大众公司希望它能远渡重洋，打开已经近乎饱和的美国市场。成立于 1947 年的 BBDO 广告公司接到了这个委托，这可是个非常困难的工作，公司创始人之一伯恩巴克在承接了大众汽车公司的广告业务之后，做的第一件事情就是飞到大众设在德国沃尔夫斯堡的工厂，他要亲眼看看这种样子怪怪的汽车是如何生产出来的。

在工厂里，他看到了汽车所用材料的质量，看到工厂为避免错误而采取的几乎难以置信的预防措施，看到了工厂投资浩大的检查系统——正是这一系统，确保不合格产品不能出厂。

另外,令伯恩巴克深深折服的,还有工厂的高效率,工人们投入地劳动,不惜一切地工作,这是在许多工厂难以见到的场景。正是这种高效运作,才能保证大众公司出产如此低价高质量的汽车。

基于以上两点,伯恩巴克激动地想:我找到要在广告中突出的主题了,这就是这部车子的诚实性,不管它的质量还是它的价格,都是诚实的。

当时,大众汽车资金并不宽裕,因此提供的广告代理费用也不高,怎么样凸显汽车的诚实品行呢?困难面前,伯恩巴克的思想越发活跃起来,他经过艰苦思索,终于得出了一个绝妙的广告创意,并很快绘制完成。整个广告只有一辆车子和一个标题"柠檬"(Lemon),人们都知道这是对一辆不满意的车子的一种标准描写。汽车呆头呆脑地停在那里,既没有美女陪伴,也没有别墅衬托。在这里,"柠檬"表示由于一位苛刻的大众公司检查员认为这辆车子是不满意的车子(Lemon),仅仅是因为在某处有一点肉眼几乎看不见的微伤,可见大众公司对产品的质量要求是多么严格。这种看似简单实则内涵丰富的广告再一次证明这的确是一辆值得纪念的诚实的车子。

至此,这则广告通过简单的画面传达出创意内容,让人们深深地感触到这款车子的诚实性。广告推出后,立即引起巨大轰动,被当时的广告专家公认是第二次世界大战以来的最佳作品。大众公司的小型轿车也因此在美国市场迅速提高了知名度。美国人民亲切地称呼这种样子像甲壳虫的汽车为"甲壳虫"。

从此,甲壳虫风靡世界,成为汽车业的佼佼者,也带动了大众公司的发展,使其成为欧洲第一、世界第四的汽车公司。同时,甲壳虫广告也改变了人们对于汽车的传统印象,改变了人们购买驾驶汽车的某些习惯,从而丰富了汽车业发展,在一定程度上影响着人们生活。

可以说,甲壳虫广告对消费者产生了深远影响。这种影响随着广告业发展,已经越来越明显和深刻,主要表现在以下几方面:

（1）广告丰富了消费者的生活。广告传播的是信息,来自各方面的信息满足了消费者的需求,丰富了其生活内容。（2）广告刺激了消费者个人消费。广告的目的就是激发消费者的购买欲望,连续不断的广告宣传,可以对消费者的消费兴趣和物质欲求进行不断地刺激,从而引起消费者的购买欲望,进而促成购买行为。（3）广告传授给消费者一定的知识。现实生活中,很多人对于产品的认识、了解都是通过广告得来的,而且还进一步了解同类产品的其他信息,增长知识、扩大视野,活跃思维。

总之,广告和消费者之间的关系已经越来越密切,广告不再是单纯推销产品的行为。相信随着时间推移,广告对消费者的影响也会更加广泛和深入。

萨奇兄弟,莫里斯·萨奇与查尔斯·萨奇,他们创办萨奇兄弟广告公司,建立了世界上最大的经营联合大企业,永久地改变和重新定义美国的广告前景。

邮票上的广告——广告管理

广告管理分为广义和狭义两类，前者包括广告公司的经营管理和广告行业及广告活动的社会管理两方面的内容。后者则是政府职能部门、广告行业自身和社会监督组织对广告行业及广告活动的指导、监督、控制和查处，是对广告本身的管理。

小小的邮票，是通信必备品，在电子通讯不够发达的时候，曾经在人际交流中占据绝对位置。所以人们说：邮票是世间流传最为广泛的物品。20世纪80年代，在美国还发生了这样一件事情。

当时，随着电子通讯崛起，邮政业受到冲击，美国邮政出现了亏损。面对此种现象，各种各样的建议不断出现，试图挽救邮政业。这些人中有一人是加利福尼亚州的参议员，名叫小戈特华。小戈特华注意到，当下社会，广告业务特别发达，不管报纸杂志，还是电视广播，无一不从广告中收取巨额利润。如果离开广告，这些行业何以维持，真的很难预料。想到这里，他大胆地推测：邮票流传非常广泛，应该

是十分合适的广告媒体。要是在邮票上做广告，一来可以帮助扭转邮政亏损，二来可以让很多企业和产品得以宣传，这不是一举两得的事吗？

小戈特华立即撰写了一份提议,并且上交到州议院。没想到,这个提议招致很大争议,众说纷纭,有人说:"照此办法办理,每年可净增收 12 亿元!"有人却说:"有关法律早有规定,不允许邮票刊登广告。"

两种观点争论激烈,互不相让,广告邮票成为一时焦点话题。

普通人也许只是议论议论而已,但是这个涉及到 12 亿美元的话题自然更引起商界人士注意,谁也不会白白看着 12 亿美元就这么与自己擦肩而过。于是在各方人士努力争取,精心策划之下,1986 年,美国出现了一种新型广告邮票。这种邮票的设计可谓用心良苦,它的边沿上印有 2 至 3 英寸的彩色商业广告,寄信时,必须将其边沿撕掉,否则不能使用。当这种售价低于面值 29% 的邮票上市后,人们的议论声又响起来了。有人说:"聪明人一看就明白,这种邮票是在打擦边球。"有人赞同说:"是啊,如果说它违背了法律规定,可它又没有在邮票上面做广告。"有人跟着说:"如果说它没有违背法律规定,可是消费者在使用邮票时,毫无疑问是注意到了边沿广告。"

尽管议论纷纷,广告邮票还是发行使用了,人们在购买邮票、使用邮票时,面对边沿上的广告,不知道该报以何种态度。

广告邮票的发行使用引起了太多的争议,也凸显了广告中的管理问题。在实际广告操作中,引起广告管理的事件很多,是一个还需要完善的议题。

与广告的产生相比,广告管理的出现要晚得多。广告业在 18 世纪末、19 世纪初随着西方工业革命的爆发而快速成长,然而,由于缺乏正确的管理制度,导致广告业的竞争混乱无序,影响了当时经济生活的健康发展。为此,自 20 世纪以来,西方政府着手广告的立法和监督工作,开启了近代广告管理的先河,并逐步发展完善。

　　一般来说,广告管理分为广义和狭义两类,前者包括广告公司的经营管理和广告行业及广告活动的社会管理两方面的内容。后者则是政府职能部门、广告行业自身和社会监督组织对广告行业及广告活动的指导、监督、控制和查处,是对广告本身的管理。

　　在实践当中,广告管理的内容非常丰富,这包括对广告主的管理、对广告发布者的管理、对广告信息的管理、广告收费管理、户外广告管理等等。

亚尔伯特·拉斯克(Albert Lasker 1880—1952)

　　创建洛德·汤姆斯广告公司,宣扬"广告就是平面销售术",阐明了客户部和创意部的伙伴关系;坚定地实行15%的佣金制度;进行研究并训练了许多未来的广告公司领导者。

斗牛比赛——管理制裁

对广告主的管理是指广告管理机关依照广告管理的法律、法规和有关政策规定，对广告主参与广告活动的全过程进行的监督管理行为。

墨西哥某省建立了一个斗牛场，打算举办猛狮和公牛的搏斗比赛。这类比赛以激烈残暴著称，历来非常吸引人。可是，这个斗牛场建好后，一连举办了几次比赛，前来观看的观众都不多，反响平平。

面对这种现象，斗牛场主十分郁闷，常常唉声叹气："怎么搞的，人们怎么不喜欢刺激的运动了呢？"

他的一个手下听了，向他解释道："不是人们不喜欢刺激了，而是因为我们策划的斗牛比赛缺少刺激性。您看，我们狮子过于温和，我们的公牛也不够强壮，要想吸引观众，必须要有够猛够威的狮子和公牛。"

斗牛场主摇着头说："我怎么能不知道这一点呢？可是上哪去弄威猛的狮子和公牛？"驯养猛狮和公牛需要巨大的财力人力，他们缺少资金，自然不敢轻举妄动。

那个手下并不甘心，伏在斗牛场主耳边嘀咕道："一时半会谁也弄不来猛狮和公牛，不过我有办法让观众知道我们这里有威猛的狮子和公牛。"

"真的？"斗牛场主惊喜地问，"什么办法？"

手下诡秘地笑了一下，继续向斗牛场主陈述着自己的打算。斗牛场主越听越高兴,最后拍着手下的肩头说:"这件事就交给你了,你马上去办。"

几天后,斗牛场推出了一连串眩人眼目的广告,这些广告极力吹捧将要比赛的两位选手——猛狮和公牛,说它们如何如何强壮,如何如何野蛮,比赛将如何如何动人心魄。这些广告立即传遍大街小巷,人们无不议论斗牛一事。有的说:"这次比赛的猛狮和公牛可厉害了,比赛肯定够刺激。"有的说:"多年没见过这样的比赛啦,不能错过良机。"于是,前去斗牛场购票等待观赛的人络绎不绝,一个个兴致勃勃,满心期待。斗牛场呢,一改往年萧条景象,售完了所有门票。

到了比赛那天,前来观看比赛的人特别多,除了购买到票的观众外,还有很多没有买到票的人也赶来了,斗牛场内人山人海,十分拥挤。在人们的欢呼声中,比赛开始了,一头狮子首先进入场地,不过它看上去远没有宣传的那样威猛。就在人们心怀失望之际,更出乎意料的事情发生了,一头小牛犊战战兢兢走进场地,它还没有完全站稳,就见那头狮子扑上来,一口将它吞食了!

这时,斗牛场宣布,本次比赛结束。听到这句话,斗牛场内一片哗然,人们知道上当了,群情激愤,砖头石头一起扔进去,甚至有人还开枪了。斗牛场人员无法管理,最后,任由观众把斗牛场焚毁了。

斗牛场虽然在广告的作用下获得了颇丰的收益,可结局却更加惨痛,甚至连斗牛场都没了。在广告学中,广告管理意义很大。为了管理广告,每个国家都会制订很多法律,根据管理对象不同,这些法律可以分为对广告主的管理、对广告经营者的管理、对广告发布者的管理、对广告信息的管理、广告收费管理和户外广告管理。

　　广告管理依据的是法律,对广告主的管理就是广告管理机关依照广告管理的法律、法规和有关政策规定,对广告主参与广告活动进行有效监督管理,促其按照法律法规做事,不能违背有关规定。对广告经营者的管理就是监督和完善他们的审批登记管理、广告业务员证制度、广告合同制度等,使他们具有合法经营的权力。对广告发布者管理就是广告管理机关依法对发布广告的报纸、杂志、电台、电视台、出版社等单位和户外广告物的规划、设置、维护等实施管理。

杰伊·恰特(Jay Chiat 1931—　):
　　创建 Chiat/ Day 广告公司,实施以研究为基础的业务策划宣传的理论;帮助建立了广告行业紧急基金。

盒子里的杰克——行业自律

除了由政府设立的专门或兼职的广告管理机构和制订有关广告管理的法律、法规对广告进行管理外，还需要广告行业内部进行必要的自我管理，这就是我们通常所说的广告行业自律。

"盒子里的杰克"是一家快餐店的名字，它的创始人名叫罗伯特·彼德森，因为小时候最喜欢的玩具就叫"盒子里的一个杰克"，所以为自己的快餐店起了这样一个名字。这家快餐店以儿童为目标，以微笑着的小丑杰克为标志，依靠独特的营销，发展非常迅速。

从 1980 年开始，"盒子里的杰克"把核心目标市场从儿童转向成人：把杰克小丑的形象放大；将快餐调整为成人口味；在菜单上为成人提供更多选择。为了配合这一改变，他们的广告运动隆重登场，并且收获颇丰。

然而，就在公司大力推行广告，建立品牌资产之时，一次意外发生了。1993 年，快餐店发生了中毒事件，几百名顾客染病，甚至有四名儿童死亡。面对这一打击，公司没有消极对待，也没有推托责任，而是迅速做出了决策。防止再度伤害消费者，赢得消费者的信任，尤其是核心消费者。

1994 年,该公司建立了快餐行业内最全面的"危险分析与紧急状况控制点"(HACCP)系统。它得到了美国农业部、州立法委、全国饭店协会等食品工业组织的认可,公司也成为"食品安全工业委员会"的成员。广告代理 TBWA Chiat/Day 的创意人迪克·斯汀设计出活生生的杰克形象,对快餐市场中的种种诡计大加讽刺。广告运动获得了成功,连续 18 个季度各家连锁分店的销售都得到提升。

"盒子里的杰克"通过自我管理约束,安全地渡过了危机,体现了广告管理中行业自律的重要特色。

在广告管理中,除了法律约束外,行业自律也起到很大作用。行业自律起源于 19 世纪 80 年代,当时,各种虚假广告影响了广告业正常发展,于是各广告大师相继呼吁广告界制止虚假广告,提倡广告语言真实可靠,反对欺骗性广告。1905 年,美国成立了世界广告联合会,他们推崇广告诚实化,建立管理广告的各种机关,并推动广告立法,发布《广告自律白皮书》。到 20 世纪中期,世界上许多国家都相应地建立起了广告行业自律组织及有关的广告自律准则,世界范围内的广告行业自律已颇具规模。

行业自律作为规范广告的独特形式,具有与法律法规不同之处。

首先,行业自律是一种自愿行为。实行行业自律,是广告活动参加者自愿的行为,不需要也没有任何组织和个人的强制,不像法律、法规那样,由国家的强制力来保证实施。其次,行业自律约束范围广,它既管理法律法规要求范围的事项,也对法律法规以外的问题进行约束管理。还有,行业自律是非常灵活机动的行为,它做出的规定和要求不像法律那样严格,可以进行修改、补充,目的是为了广告业发展更加顺利。

同一个广告，不同的国度
——一体化策略

所谓国际广告策略，就是指国际广告的信息传播策略。由于国际广告活动是在国际市场范围内展开的，它必须要解决的一个重要问题就是如何以有效的策略执行并实施广告信息的传播。

很多人都知道万宝路通过"变性"改变颓势，一举走向辉煌的故事，可是他采取国际化广告策略，从美国走向全世界的事情恐怕大家就不怎么熟悉了。

自从李奥·贝纳为万宝路策划了全新广告，将它的形象定位在牛仔之后，万宝路销量一路飙升，成为美国最有名的香烟公司。这时，万宝路开始开拓国外市场，准备迎接更大的成功。为此，他们再次委托李奥·贝纳为他们策划广告。

一般来说，进军海外市场都要考虑对方的文化背景、生活特色，并将原来的广告进行修正才能适应对方需求。可是，李奥·贝纳经过仔细考察分析，做出了一个大胆决定：他坚持万宝路广告中确定的牛仔形象主题。对于此，不少人提出了疑虑，认为很多国家不会接受这一形象。李奥·贝纳却说："万宝路牛仔代表的是一种生活方式、一种男人都渴望追求的性感形象。因此,他肯定能成为一个平等地在世界任何地方执行的杰出广告创意,不会受到文化差异影响。"

为了广告成功推出,李奥·贝纳亲自领导广告人员进行设计制作广告,他们拍摄的照片都是自然的,决没有人工制作或矫揉造作的效果,他们设计的主题虽然不变,可是细节却富于变化,他们树立的万宝路世界是美妙的,其中有不少美丽的景色和令人难忘的面孔。

通过这种广告宣传,世界各地的人们很快达成共识,不仅认识了牛仔,还把他当作英雄人物看待,牛仔成为了一种可信的象征。

除了国际化广告外,万宝路还在各种国际活动中通过赞助提高形象和影响力。这样,不长时间,万宝路就走向了全世界,成为一个著名的全球性品牌。

在国际广告中,除了像万宝路一样的广告策略外,还有一种重要策略手段。这就是在不同的地区,面对不同的民族,恰当运用不同的广告形式。一个产品要打入一个陌生的市场,在广告宣传中首先要了解该地区的历史背景和文化背景,以及当地人的喜好,以便加以正确利用。如果做不到这一点,容易产生较大误会,甚至带来不必要麻烦。贝纳通广告就是一个典型例子。当他在逐步国际化的过程中,在全世界采用了相同的广告,某些广告因触犯一些国家的习俗或宗教信仰而遭到了冲击。例如,一幅颇受争议的"上帝之吻"广告中,画面是一个神父和修女在接吻,广告试图传达这样的信息:爱能够超越所有传统的禁忌。这样的表现遭到意大利广告当局的严格禁止,但是在一些教会影响较弱的地区,人们却能够很好地理解广告所传达的信息,比如在英格兰这幅广告就获得了欧洲最佳广告奖。

万宝路和贝纳通的故事告诉我们，国际广告传播包括两种策略，一是一体化策略，一是本土化策略。我们在前面已经认识了本土化策略，现在就来了解一下一体化策略。

一体化策略就是以统一的广告主题和内容、统一的创意和表现，在各目标市场的国家和地区实行一体化的信息传播。它以人类共同的对美、善、健康等的需求，宣传自己的产品。

在实际操作过程中，由于本土化策略和一体化策略各有优缺点，所以，不少广告采取结合运用的办法，效果很好。

玛莉·韦尔斯·劳伦斯（Mary Wells Lawrence）

　　广告界无冕女王，她创立并领导的韦尔斯·里奇·格林公司是美国广告业历史上发展最快、最成功的公司，玛丽·韦尔斯一度成为美国收入最高、最著名的女人。

富兰克林炉
——美国现代广告发展史

美国是世界上广告业最发达的国家，也是近代广告的发源地。从 1841 年诞生第一家广告公司到现在，美国的广告公司已有 160 多年的历史。

1729 年，美国人本杰明·富兰克林创办了一份报纸——《宾夕法尼亚日报》。这份报纸发行后，立即引起人们极大关注，创刊号第一版社论的前头，竟然是广告栏，刊登了一则推销肥皂的广告！这则广告标题巨大，四周有相当大的空白，显然采用了艺术手法。这是前所未有的事情，以前的报纸从没有把广告放在如此重要的位置。人们议论纷纷，有人说："富兰克林一定搞错了。"也有人说："富兰克林太大胆了。"

面对人们的不解和质问，富兰克林十分坦然，他清楚自己在做什么，他说："商品广告将是人们生活中不可缺少的成分，这是时代的需要。"果不出他所料，《宾夕法尼亚日报》发行后，取得极大成功，一跃成为美国发行量和广告量均居首位的报纸。

富兰克林趁势而上，在《宾夕法尼亚日报》上接连推出各类广告，什么推销船舶、羽毛制品、书籍、茶等商品的广告刊载满了报纸版面。渐渐地，人们已经离不开这份报纸了，他们在上面推销自己的产品，寻求商品信息，成为人们生活的一部分。

在巨大的成功面前，富兰克林依然努力工作着，他不仅是广告经理和推销员,还亲自撰写广告作品,是一位超一流的广告作家,许多产品的广告文字都是他写的。有一天,宾夕法尼亚壁炉厂的经理找上门,要求在报纸上刊登广告。这是报纸第一次为壁炉做广告,如何撰写一份精彩的广告作品引起人们的购买欲望呢?《宾夕法尼亚日报》的工作人员想来想去,都觉得难以把握。于是,他们只好汇报给富兰克林,请他拿主意。

富兰克林经过仔细琢磨,结合壁炉在实际生活中的使用情况,想出了一篇非常吸引人的广告作品,他写道:带有小通风孔的壁炉能使冷空气从每个孔源钻进室内,所以坐在这通风孔前是非常不舒服并且是危险的——尤其是妇女,因为在家里静坐的时间比较长,经常因为上述原因致使头部受风寒、鼻流清涕,口眼歪斜,终至延及下颌、牙床,这便是北国好多人满口好牙过早损坏的一个原因。

在这篇广告作品中,富兰克林不是单纯介绍产品,而是巧妙地强调了使用产品的受益,比以往广告更为准确地打动人心。果然,这篇广告刊登后,引起巨大轰动,人们热切地关注新壁炉,购买积极性十分高涨。后来,这种壁炉就被定名为"富兰克林炉",以纪念富兰克林在广告业中做出的贡献。

有位传记作家曾评论说:"我们必须承认,是富兰克林创立了现代广告系统。"确实,自从富兰克林创办《宾夕法尼亚日报》,报纸广告业的发展就一发不可收拾。特别到了 19 世纪,随着美国崛起,广告中心便由英国逐步转移到了美国,近代广告也向现代广告转化。

1833 年 9 月 3 日,本·戴(B. Day)在纽约创办了《太阳报》,这份报纸价格低廉,只卖一美分,因此被称为"便士报"。但是这份报纸出版四个月后,成为当时美国发行量最大的报纸。它的最主要收入来自广告,经营管理企业化,使报纸迅速成为理想的广告宣传媒介。

南北战争之后，美国报纸广告发展势头强劲，报刊成为一种利润丰厚的行业，有些报纸竟然拿出 3/4 的版面刊登广告，企业对广告宣传也日益重视。

19 世纪末 20 世纪初，受经济萧条影响，企业开始关注消费者和市场，广告业在此形势下日益兴盛起来。20 世纪 20 年代，美国广告业取得大发展，这时，一些现代化通讯传播手段开始应用，广告业不失时机地加以利用，使广告业获得了空前的发展。

美国这个国家的伟大之处在于，它开创了最富有的消费者和最贫穷的消费者基本上购买同样东西的传统。你可能正在看电视，然后看见了可口可乐，你知道美国总统喝可口可乐，然后你会想，你也可以喝可口可乐。可口可乐就是可口可乐，你花再多的钱也买不到比街角的那个流浪汉正在喝的可口可乐更好的可口可乐。所有的可口可乐都是一样的，所有的可口可乐都质量优良，总统知道这一点，流浪汉知道这一点。你当然也知道这一点。

——波普艺术家安迪·沃霍尔（Andy Warhol）在演说中表示"最容易理解的艺术就是广告"、"广告是反精英的民主艺术"等观点时提到的可口可乐与美国民主。

与鸡共舞——美国广告特色

美国被公认为是世界广告的中心。而纽约又是广告中心的中心,目前最大、最具权威性的国际广告行业组织——国际广告协会和著名的世界广告营销公司的总部都设在纽约。

柏杜是美国养鸡能手,他的养鸡场拥有全世界最大也最贵的价值 25 万美元的巨型风机,用来给鸡吹干鸡毛。他用一种叫金盏草的花瓣(marigold petals)来喂鸡,使养出的鸡浑身润滑金亮,就像披上金衣一样。

1971 年,柏杜突然心血来潮,希望通过聘请一个具有独特创意的广告公司,来替他的鸡打天下,拓展市场,建立人见人爱的品牌形象。

经过层层筛选,他选中了斯长利·麦长基·史洛斯广告公司。

这家公司在美国也称为"三剑客广告公司",因为它由广告界著名的广告三剑客:斯长利、麦长基和史洛斯于 1976 年联合创办。三人之中,尤以麦长基最为有名,这不仅是因为他是全美最优秀的撰稿天才,在 35 岁时就被列入美国广告撰稿名人榜,成为美国广告史上获此项殊荣最年轻的广告人,更是因为他富于传奇色彩的个人生活。麦长基喜欢跳舞,被人冠以"舞会动物"的外号。他 15 岁进入广告业,凭借着出神入化的语言才能崭露头角,获得声望。现在,他应邀为柏杜鸡策划广告,正是施展才华的大好机会。他来到了养鸡场,每天和柏杜一起养鸡。这也是他一贯坚持的做法,他认为,广告客户是最了解他们所经营的企业和产品的,广告公司应该认真聆听广告客户的话,细心学习及了解他们的生意。只有这样，才能站在广告客户立场从"商品角度"来捕捉顾客心理，而非站在广告立场从"广告角度"来捕捉顾客心理。

经过一段时间实地考察，麦长基认识了柏杜的为人，认识了柏杜鸡的特点，以及柏杜养鸡场的经营方针，他找到了为柏杜鸡做广告的独特之处，这可以从它们的饲养过程、饲料以及饲养人员的经验方面入手，突出特色进行宣传。

在这个过程中，麦长基突发奇想，以柏杜作为柏杜鸡场的推荐人，替产品建立名牌，不就是最佳的广告模特人选吗？

作为鸡业巨子、成功名人，柏杜的长相非常奇特，他颈长鼻尖，外貌似鸡，由他粉墨登场，定可营造出一个独特的广告诉求故事。

麦长基大胆的创意获得了柏杜认可，于是，一个经典广告产生了。这则广告的内容如下：

柏杜在养鸡场的运输部，身穿制服，头戴帽子，一本正经地面对镜头说道："别人告诉我，我应该在白天替柏杜鸡进行冷藏，这样我就不必半夜起，在鸡临近运出鸡场之前，才替肥鸡进行冷藏，以确保新鲜。但我从来都不吝惜工夫。我只喜欢尽量令鸡保持新鲜。既然我平日已花了那么多时间来养鸡，为什么要把这小小工夫也省掉呢？如果有职员觉得我过分挑剔，要求的工作时间太长的话，他们大可以另谋高就……"

广告推出后，大获成功，一直到 1980 年代后期，柏杜鸡的电视广告仍然保持这一风格。

这一广告的成功正好体现了美国广告的特色。美国是世界广告的中心，国际广告协会和著名的世界广告营销公司的总部都设在纽约。了解美国广告的情况,是广告学十分必要的课题之一。

美国广告具有鲜明的特色,在广告主题上常强调个性、实用、奢侈、变化及家庭生活的温馨与亲切感,广告富有创意、形式多样、活泼幽默,广告内容上突出自我,喜欢使用夸张模拟手法。而美国广告的媒体十分发达,除了传统媒体外,他们善于开发新媒体,并注重利用高科技传播技术。还有,美国广告公司历史久远,规模较大,是大广告公司最多的国家。各大广告公司联合成立了美国广告代理商协会(简称4A),有效组织管理着300多家广告代理商。

所以,我们不难看出,美国广告行业管理是世界上最为健全的,他们的行业组织是广告管理的重要组成部分。

约翰·华生(John B. Watson, 1878—1958)
　　美国心理学家,行为主义心理学的创始人。将心理学的观点应用于商业广告上,展现了行为主义的强大威力,并在很大程度上改变了美国广告业的性质。

广告之鬼——日本广告发展史

日本东京是仅次于纽约的世界三大广告中心之一。在全球排名 100 名的大广告代理商中日本就占了五分之一多。

吉田秀雄是日本著名广告大师,他以严厉的作风和铁腕统治被人称作"广告之鬼"。说起这个外号的来历,还有一段十分动人的故事。

1928 年,吉田秀雄大学毕业,正遇上日本经济不景气,工作不好找,他来到株式会社日本电报通信社(现在的日本电通)应聘,被当场录用。当时日本广告行业的社会地位还很低,被视为"贱业",但是,吉田秀雄十分喜欢自己的工作,一直坚持做了下去。

在十多年的职业生涯中,他做了两件大事,确立了电通在广告市场的霸主地位,并因此于 1947 年出任了日本电通的第四届社长。一是他促成当局制订媒介公开的广告价格标准。而在此以前,媒体处于强势,经营上独断独行,广告代理公司只能在夹缝中求生存,广告业比较混乱。二是他借整顿为名,巩固了电通的经营地盘。当时,全日本有 186 家广告代理公司,经营均不大景气。经过压缩调整,最后只留下 12 家广告代理公司,而电通就占了其中 4 家。

通过这两件事,吉田不但坐上了电通社长的宝座,也向同行展现了个人的强大力量。此后,他在与其他公司竞争过程中,更是分毫不让,抓住新媒介经营,一心成就行业老大的位置。

然而,新媒介经营遭到很多人质疑,特别是电波媒体经营,在当时可是一件风险极大的事情。首先,当时的政府对这件事的态度一直不甚清楚,随时有收回成命的可能;其次,报业和财界从未涉及这一领域,都抱着旁观的态度,合作和投资都不积极;第三,在通货膨胀的大经济背景下,电通也几度陷入财务危机,"电通破产"的流言四起。但是,吉田秀雄还是坚定了决心,一定要开展电波媒体经营。

1951 年 7 月,在电通成立 51 周年的时候,也正好是日本第一家民营电台开播之前,吉田秀雄向公司职员宣布,号召大家都来做"广告之鬼"。一个月后,他发表了著名的"鬼十则",要求员工积极工作,努力进取,不怕困难,敢于争先。这些要求与一般公司强调的平稳发展理念不同,体现了吉田秀雄在当时情况下准备背水一战的决心和勇气。为此,他也被人毫不客气地称为"广告之鬼"。

在吉田秀雄的带领下,电通的营业额节节上升。作为新媒体的广播广告,也很快得到了日本社会的认同。尔后几年,电通借着这股东风,又乘上电视媒介的快车,更进一步确立了在日本广告业中龙头老大的地位。

吉田秀雄的成功见证了日本广告业发展和管理的历史。目前世界广告最发达的国家和地区是美国、日本、欧洲。日本广告业崛起于 20 世纪中期,到 80年代中后期,即已跃居世界第二位。

日本的广告业高度发达,是仅次于美国的世界第二大广告市场,被称为是广告的世界。日本东京是仅次于纽约的世界三大广告中心之一。在全球排名

100 名的大广告代理商中,日本就占了五分之一多。著名的电通公司是日本最大的广告公司,也是世界上最大的广告公司。

日本的广告管理非常严格,除了日本政府制订的法律法规外,还有强大的行业自律机构。这些机构包括全日本广告联盟、日本广告主协会、日本民间广告联盟、日本国际广告协会等,他们都有着各自的纲领和守则,为本行业广告活动所遵守。

大卫·沙诺夫(David Sarnoff,1891—1971)

　　RCA 的总裁,被誉为"现代电视之父",电视播放技术先驱。

斯坦利·里索——广告公司

广告代理公司包括客户服务部、市场调查和研究部、创意部和制作部、媒介策划与购买部、营销部、公关职能部6大部分。

斯坦利·里索是现代著名广告大师,他和他的JWL(智威汤逊)广告公司在推动广告业从混沌状态进入科学领域的过程中,扮演着先驱者的角色,在广告发展史上留下了不可磨灭的印记。

与很多广告大师不同的是,斯坦利·里索并非JWL广告公司的创始人。1908年,他从宝洁公司转行加入JWL,并很快得到公司创始人汤普森的器重。8年后,汤普森见好收山隐退,斯坦利·里索接管了JWL公司,开始了带领JWL从美国第一一跃成为世界第一的奋斗历程。

为了保持公司的竞争力,接管公司后的斯坦利·里索大刀阔斧地对各项事务进行了调整和革新。他精简了人员,关闭了一些效率不高的分支机构,同时大大压缩广告客户,以保证提供更好的服务。

另外,斯坦利·里索对公司人员结构进行了大调整,配备了大量的大学毕业生,这在当时的广告业中,是极为罕见的举动。

除了广告经营和创作人员之外,斯坦利·里索还独辟蹊径,聘请雇佣了作家、经济学家、心理学家等等。他期望这些专家学者帮助他更好地了解人类的本性,以使广告工作更有成效。而实际上,这些人确实对广告业发展做出了应有的贡献。其中非常著名的就是心理学家约翰·沃森所作的"卷烟喜好因素试验"。试验过程如下:将一群烟民集中在一起,请他们品评各种去掉商标牌号的香烟,结果表明,他们并不能辨别哪种香烟是自己经常吸的,尽管他们曾经多次声明,自己不吸某种牌号的香烟,可在去掉牌号后,他们依然吸了。沃森因此得出结论,消费者的喜好往往是盲目的,在很大程度上受外界的各种因素影响,并非像他们自己宣称的那样是出于对商品内在质量的偏爱。这一调查试验,可以说从宏观上确立了广告的地位,明确指出了广告的必要性,对于广告业发展不容忽视。

里索还很注意发动公司每个员工的积极性,他管理下的 JWL 没有森严的等级制度,不同的意见可以通过各种正式的、非正式的管道开展交流,许多具有独创的想法就是在这种碰撞之中产生的。

在大力发展国内事业的同时,斯坦利·里索还独具慧眼,积极与大公司联合进军国外市场,从而开启了海外广告业务。同时,他也十分注意媒体发展,开展多种媒体广告形式,在运用其他传播媒介特别是无线电广播方面,走在了时代的前面。

在里索的管理下,JWL 公司呈现积极向上,无往不胜的态势,创作出许多脍炙人口的广告杰作。1980 年代中期,JWL 在美国的分支机构有 60 个,在全球几十个国家和地区也建立了 130 个机构。除了美国公司之外,其他国家的许多企业公司也都是 JWL 的客户。

斯坦利·里索无疑是管理广告公司的高手,正是在他的努力下,广告公司逐步走上正规,公司代理制度逐步完善。下面,我们就来简单看一下现代普通广告代理公司的组织结构和运作流程。

一般来说,广告公司包括客户服务部、市场调查和研究部、创意部和制作部、媒介策划与购买部、营销服务部、职能公关部 6 大部分。这几个部门各有分工,任务不同,但是他们必须互相合作,才能形成一个有机整体,保证广告活动顺利进行。

广告代理公司具有一定运作流程规律。首先,公司接受客户委托,进行前期准备,安排各部门工作;然后,进入广告策划阶段,这是广告运作过程中的核心部分,从创意到文案,都需要进行细致入微的工作。制订好了计划书之后,公司就可以提案,确认广告实施与否。一旦提案通过,就进入到广告执行阶段,执行完毕,最后还要对广告进行评价和总结。

雪莉·波力考夫(Shirley Polykoff)

任职于博达大桥广告公司。她撰稿的伊卡璐染发产品广告,为消费者提供更多选择的染发创意,被评选为《广告时代》(Advertising Age)杂志的 20 世纪最佳广告第九名。

10美元卖掉公司
——4A 广告公司

4A 的本意是美国广告公司协会（American Associato of Advertising Agencies）的缩写。

艾尔伯特·拉斯克尔是创造现代广告的六位巨擘之一。关于他的故事，可以从头说起。

1898 年,18 岁的艾尔伯特·拉斯克尔进入一家广告公司工作,当时他的工作与广告完全没有关系,他只不过是个负责倒痰盂的小职员。可是,年轻的拉斯克尔是天生的广告奇才,工作不久,他就熟悉了广告业务,而且顺利转变成一个业务员,开始了在全国各地联系业务的工作。

如果说从清洁工到业务员是个人才华的凸显,那么,两年后,拉斯克尔买下自己所在的广告公司,成为年轻的老板,就是一个奇迹。然而,拉斯克尔做到了,他买下了公司,几经努力,将公司发展成为全美最大的广告公司,自己也成为最富有的广告人。

面对巨额财富,拉斯克尔十分慷慨,他不仅十分舍得花钱,过着奢侈的生活。又积极投身于慈善事业,是个有名的大慈善家,他将大部分财产都捐献出来作为医学基金奖励医学研究。拉斯克尔曾自豪地说:"我不想赚大钱,我只要让人知道我的脑子可以做什么。"

拉斯克尔 62 岁时,做出了一件令世人瞩目的事情。当时,他的公司已是美国最大的 4A 公司,经营规模巨大,发展前途无量。可是一天下午,拉斯克尔与妻子共进下午茶时,突然说道:"玛莉,我已决定离开广告这一行业了。"

他的妻子大吃一惊,不知道丈夫为何做出这种决定。要知道,多年来,拉斯克尔精力充沛,经常一天工作 15 个小时,用来管理公司,发展业务。而且还特别注意发掘人才,有一段时期,全美 12 家主要的广告公司中有 9 家公司的老板曾是拉斯克尔的部下。在她看来,丈夫一直视广告为生命,为之付出良多,怎么会突然就要离开这一行业呢? 而且公司怎么办?

看着妻子疑惑的眼神,拉斯克尔说:"我要将余下的时间留给你,陪伴你,而把公司送给年轻人,让他们去管理发展。"

两天后,拉斯克尔召集了 3 名最得力的部下来到办公室,对他们说出了自己的打算。这 3 人分别是福特(Foote)、康恩(Cone)、白尔丁(Belding),他们吃惊地说:"您离去了,公司交给谁?"

拉斯克尔笑着说:"自然是你们三人。"

"可是,"三人顾虑地说,"我们要付出多少钱才能拥有公司?"

拉斯克尔轻轻地转动了一下椅子,伸出手指说:"10 美元,我只要 10 美元,这家公司就归你们所有了。"

三人一听,吃惊地张大了嘴巴,无法相信刚刚听到的话。

望着他们吃惊的面孔,拉斯克尔继续说:"你们先不要着急,我还有个条件,这就是去掉公司原来的名字,不要再叫洛德·汤马斯了。随便你们取什么名字好了。"

就这样,一家 4A 公司以区区 10 美元"卖掉"了。

艾尔伯特·拉斯克尔以 10 美元的象征价格转让了自己倾其一生心血铸造的洛德·汤马斯大厦,显示出广告大师超然脱俗的魅力。要知道,洛德·汤马斯可是全美最大的广告公司,是 4A 公司的代表成员。如果你还不明白洛德·汤马斯究竟意味着什么,那么我们就来认识一下 4A 公司。

4A 是美国广告公司协会(American Associato of Advertising Agencies)的缩写,是美国代理业中最权威的广告团体,总会设在纽约,会员公司有 300 多家。这些公司都是规模较大的综合性跨国广告代理公司。4A 协会对成员公司有很严格的标准,比如在香港,4A 广告协会对会员的要求是年营业额至少为 5 000 万港元,必须对客户收足 15% 佣金及 17.65% 服务费。

赖利:创办赖利广告公司,是当今美国最杰出的撰稿员。赖利的广告哲学,以强调替产品进行软推销为主。他认为利用感性诉求来感动消费者花钱购物,每每比使用硬性上马的理性诉求来说服消费者,更有效得多。

10 号足球明星
——广告意识培养

提高广告意识，就是提高宣传意识，提高员工对于企业和产品的认知感、荣誉感。

普拉蒂尼是法国足球明星,他退役后开了一家服装公司,取名"10 号普拉蒂尼服装公司",并用"10 号普拉蒂尼"作为服装商标。服装投放市场后,很快就在全国走俏,销量一路上升。公司开业当年,营业额竟高达 1 400 万法郎,普拉蒂尼也由体育名人一跃成为商界赫赫有名的服装大王。

普拉蒂尼虽然一直踢足球,但是很有商业头脑,他看到公司有了些名气,决定乘势而上,继续扩大规模和影响,奠定自己的品牌地位。于是他开始寻求广告代理,希望借助广告的力量使公司更上一层楼。在广告公司的帮助下,经过仔细选择,他挑中了一本名叫《他》的杂志,打算以其为阵地介绍产品。

不久,《他》杂志上就出现了关于普拉蒂尼公司的服装广告,这些广告与一般服装广告不同,它们不是向消费者推销已经上市的产品,而是提前将公司的新款服装展示出来,供大家品味。这样,在一般人眼里,普拉蒂尼公司注重服装的超前性,因此格外具有吸引力。

普拉蒂尼是个广告意识非常强的人,除去普通广告外,他还充分利用自己的名声和地位进行广告活动。

欧洲广播电台曾经和他签订了一项为期3年的合约,让他担任足球大赛评论员。按照常规约定,他参与此类活动可以获得200万法郎的报酬。欧洲广播电台也做出了这样的准备,但是,普拉蒂尼却说:"我一分钱也不要。"

对方诧异地问:"那你想要什么?"

普拉蒂尼说:"我只要你们每隔一小时播放一次'10号普拉蒂尼公司'的广告节目。这样行吗?"

欧洲广播电台当然很高兴,痛快地答应下来。果然,其后3年的时间里,"10号普拉蒂尼公司"的广告每日每时都在播出,影响巨大,在法国家喻户晓,妇孺皆知。

正像日本广告学者所说:"广告实际上是同各种各样的企业活动浑然一体在市场上发挥作用的。因此,单纯采用广告刊载的'费用—效果'标准去衡量就不合适。"广告的最大特点是潜移默化。在现代高度发达的信息社会,竞争归根到底就是人才的竞争,全球市场一体化趋势的不断加强,就更需要能够胜任国际市场营销、国际传播的人才。这一点,不仅体现在国家策略上,也同样体现在许多企业管理上。

目前,广告竞争在企业发展中占据重要地位,企业可以委托广告公司代理广告,同时,也要提高公司职工的广告意识,使他们成为公司的有力宣传人员。因此,提高广告意识,就是提高宣传意识,提高职工对于企业和产品的认知感、荣誉感。这既是公司管理的一面,也是广告学不容忽视的一个问题。

斯坦利·里索(Stanley Resor 1879—1964)

作为美国广告代理商会一个缔造者之一,里索领导的智威汤逊公司在1977年成为世界第一位的公司,成为第一个营业额突破1亿美元的广告公司。

大师韦伯·扬——广告教育

调查数据显示，现代广告业急需的五类人才分别为：了解国际市场、通晓国际广告运作经验和具备较强沟通能力的人才，有敏锐洞察力和市场驾驭能力的高级管理人才，具有整合营销、传播、策划能力的复合型人才，能够自己进行创作、设计的人才，高层次的各类广告制作特别是擅长影视广告策划设计和制作的专门人才。

在广告史上，有一个人的地位非常独特，他的名字叫韦伯·扬。韦伯·扬出生在美国肯德基州卡温顿，他的父亲是保险经纪人。虽然父亲对他寄予厚望，但是他从小学习一般，小学六年级时就辍学，成为了一家商店的店员。韦伯·扬做着普通的工作，一点也没有显露出成为广告大师的能力。时光悄悄流逝，韦伯·扬22岁了，多年来，他一直坚持读书写作，并渴望成为一名作家。这时，有家书店聘请广告经理，他听说后前去应征，结果被选中了。就这样开始了自己的广告之路。4年后，韦伯·扬离开书店，投身到一家广告公司，不过他从事的仍然是自己喜欢的文案工作，负责撰写广告词语。很快，他出色的广告文案引起人们的注意，1917年，他受邀到智威汤逊广告公司纽约总公司任副总经理，从此，他的广告才华一发不可收，成为业界名人。

韦伯·扬创作了很多优秀经典广告文案，得到同行们的一致好评，但他并不沉迷于此，而是对于教育情有独钟。从1928年开始，他在芝加哥大学商学院任教有5年之久，是该学院"广告"和"商业史"课程的唯一教授。任教期间，他勤奋写作，创作了几十本著作，其中《产生创意的技巧》和《怎样成为广告人》两

本书获得巨大成功。伯恩巴克甚至为《产生创意的技巧》作序说"这本小册子中表达了比其他广告教科书都更有价值的东西"。而《怎样成为广告人》最初作为芝加哥大学商学院的广告课教材,其后更是作为智威汤逊广告公司员工培训教材,是韦伯·扬的代表著作。

与其他广告大师相比较,韦伯·扬对广告的贡献不仅在于"做",而且重视"写"和"说"。有人说:"在广告史上韦伯·扬扮演了'广告人和教师'的双重角色,他将丰富的广告实践搬上大学讲台,为培养广告人孜孜不倦地演讲和写书,他对广告充满使命感,他杰出的广告思想和影响巨大的广告著作,使他无愧于广告大师的称号。"

对于广告人才的教育,是现代信息产业快速发展的一个重要体现。全球化经济、全球化贸易对全球化广告传播的现实需求对 21 世纪的广告实践和广告人提出了新要求,而加快发展广告事业的关键是培养人才,培养人才的核心就是教育。广告教育应该注重实际能力和创新精神培养,使广告人员能适应快速变化的社会环境。同时,由于广告是一种特殊的经济活动,体现出较强的文化特性,这就要求教育除了专业知识和技能培养外,还要注意侧重文化、艺术方面的修养,开阔广告人员视野,丰富他们的精神世界。另外,广告宣传是一个整体性活动,需要合作精神,因此也应该加强培养广告人员的团队精神,让他们懂得与人合作的重要。

鲍伯·盖奇(Bob Gage 1921—   )

追随威廉·伯恩巴克离开葛瑞广告公司帮助创立 DDB,并且树立新的美指—文案的概念模型。将全新的视觉感受带给了影视广告及电影业。

魔鬼还是天使
——展望广告未来

从广告学诞生以来，各种理论学说就在不断争论，互相促进，相信随着人们人文素养的不断提高，广告也会不断进步发展。

2002 年，美国快餐业遭遇了肥胖第一案。这起案件的起诉者是 3 个年轻女子，被告人是大名鼎鼎的麦当劳公司。3 个年轻女子指控麦当劳公司在广告中误导消费者，使她们每天必吃薯条和汉堡，因此患上了各种与肥胖有关的疾病，她们要求麦当劳赔偿数十亿美元。

麦当劳公司派出精兵强将应付这件事情，可是历时 3 年，他们还是败诉了。2005 年，他们不得不承认使用的烹饪油中所含逆脂肪酸过高，容易导致人体发胖，因此答应赔偿 850 万美元。其中 700 万美元捐给美国心脏病协会，150 万美元用来向大众宣传逆脂肪酸有害的信息。

此事引起的轰动可想而知。长久以来，在麦当劳强有力的广告宣传影响下，很多人对于快餐形成了依赖心理，他们十分喜欢这种快捷方便、美味好看的食品，而且长期不间断食用。这一度造就了麦当劳神话，而如今，面对长期食用造成的恶果，人们不得不反思深虑。

与麦当劳遭遇相同的还有一家著名公司，这就是万宝路。1997 年，一位名叫杰斯·威廉斯的学校看门人抽"万宝路"香烟达 40 年之久，结果患了肺癌去世，终年 67 岁。对此，威廉斯一家向"万宝路"烟草大王莫里斯提出起诉，要求他赔偿 1.01 亿美元。威廉斯一家认为,"万宝路"公司知道其生产的香烟可能会导致癌症,却没有向公众说明这一点,而是在广告中大谈香烟的魅力,因此威廉斯误认为"万宝路"公司不会出售有害产品,便放心大胆地抽,每天达 3 包之多,成了地地道道的瘾君子。

官司历时 2 年,最终,美国俄勒冈州波特兰市的一个法庭判万宝路赔偿这位吸烟受害者家庭 8 100 万美元的损失。

我们都知道,是广告成就了万宝路,使他走向全世界。可如今,他带给人们的负面影响如此深远,是不是也该归咎到广告身上呢?

对于这些越来越严重的问题,英国政府曾经采取了果断措施,他们发布了"白皮书",禁止电视频道在儿童观看电视的黄金时段播放任何"垃圾食品"广告,这一措施公布后,据英国两家主要报纸统计,2004 年度英国电视上的"垃圾食品"广告比 2003 年度至少减少了 1 万条!

到了今天,我们的生活已经被广告覆盖,一方面,广告向人们展示了一种前所未有的文化现象,人们通过广告认识产品、了解品牌、购买商品,人们还通过广告接受新知识,改善生活。毫无疑问,广告的发展刺激了经济发展,推动了社会进步,是人类创造的一位天使。

另一方面,广告的泛滥,助长了人们的享乐消费主义,提供的信息因为无法确定真假,也会造成预想不到的危害,从这点来看,广告干扰了人们的生活,影响正常的社会秩序,它也是现代社会制造的魔鬼。

管他是魔鬼还是天使,广告已无可厚非地成为人们文化生活中不可缺少的内容。面对现实,广告业究竟该何去何从,是广告学研究的一个重要课题。我们有理由相信,随着大家人文素养的不断提高,广告也会不断进步发展。总有一天,凸现文化魅力的广告将拥有越来越深厚的文化底蕴,也将有更多的文化内涵等待我们去探究。

乔治·盖洛普(George Gallup 1901—1984)

　　1947 年,乔治·盖洛普离开了扬·罗必凯广告公司之后,与克劳德·鲁滨逊一起继续开拓他的民意测验,并建立了盖洛普民意测验公司。从而这个具有"冲击性"的测验开始成为美国的潮流。盖洛普深信,消费态度的研究必须先于创意工作。